혼자
생각하는
즐거움

혼자
생각하는
즐거움

**검색의 시대
인문학자의 생각법**

구시다 마고이치 지음
이용택 옮김

아날로그

차례

생각한다는 것에 대하여   8

본다는 것에 대하여   16

의심한다는 것에 대하여   25

안다는 것에 대하여   33

속이는 것에 대하여   40

일한다는 것에 대하여   48

논다는 것에 대하여   56

모방한다는 것에 대하여   63

만든다는 것에 대하여   71

웃음에 대하여   79

이별에 대하여   87

사랑에 대하여   94

꿈에 대하여   101

행복에 대하여   110

쾌락과 고뇌에 대하여   116

운명에 대하여   123

고독에 대하여   133

경험에 대하여   142

고백에 대하여   149

거짓에 대하여   155

감각에 대하여   161

선망에 대하여   166

질투에 대하여   170

공포에 대하여   174

분노에 대하여   179

증오에 대하여   184

슬픔에 대하여   187

아름다움에 대하여   192

마음의 모순에 대하여　202

마음의 여유에 대하여　209

희망에 대하여　216

기질에 대하여　225

성실에 대하여　232

불안에 대하여　240

친절에 대하여　251

사랑의 표현에 대하여　261

추억에 대하여　269

동경하는 법에 대하여　274

감상의 심리에 대하여　279

순결에 대하여　284

어리석음에 대하여　293

비겁함에 대하여　300

편지에 대하여　306

일기에 대하여　314

맺음말　326

생각한다는
것에 대하여

제 방 창가에는 감나무 한 그루가 서 있습니다. 해마다 자
그마한 날감이 찔끔찔끔 열릴 뿐이라서 아예 베어내 땔감
으로 써버릴까 싶은 마음이 가끔씩 들기도 하지만, 여름철
에는 따가운 햇볕을 막아주고 겨울철에는 잎을 아낌없이
떨어뜨려 따스한 햇볕이 들게 해주니 아직은 그대로 놔두
고 있습니다.

제가 감나무를 베어낼 수 없는 또 한 가지 이유가 있습니
다. 작은 새들이 감나무에 자주 날아들어 나뭇가지에 앉아
쉬었다 가기 때문입니다. 가슴 털이 주황색인 깜찍한 딱새

가 감나무 가지에 자주 날아듭니다. 작은 새들이 기분 좋게 지저귀거나 나무 열매를 쪼거나 애벌레를 쫓아다니는 모습을 보는 것은 아주 즐거운 일입니다.

그런데 특별히 하는 일 없이 그저 가만히 나뭇가지에 앉아 있는 새를 볼 때면 저 새가 대체 뭘 하고 있을까 궁금해집니다. 아니, 무슨 생각을 하고 있을지가 궁금한지도 모르겠습니다. 행여 다칠까 봐 쓰다듬어주기도 조심스러운 작은 머리를 살며시 갸웃거리면서 새까맣게 빛나는 작은 눈을 이리저리 굴리는 모습은 분명 무언가 생각하고 있는 듯 보입니다.

새의 생태에 관한 책을 읽어보면 새의 생활은 결코 단순하지 않습니다. 새들은 어렸을 때부터 구애의 노래를 부를 줄 알고 영역 다툼도 벌일 뿐 아니라 종이 다른 새들과 우정을 나누기도 합니다.

앞에서도 말한 것처럼 저는 새들이 열심히 벌레를 쫓거나 하늘을 훨훨 날아다닐 때는 안심하고 편안한 마음으로 바라봅니다. 그런데 작은 새가 나뭇가지에 오도카니 앉아 있으면 도대체 무슨 생각을 하고 어떤 고민에 빠져 있는지 짐작할 수가 없어 왠지 바라보기가 불안합니다. 생각하는

데 너무 몰두한 나머지 까딱 잘못해서 나뭇가지에서 떨어지지는 않을까 걱정도 됩니다. 만약 새와 의사소통을 할 수 있다면 앉아 있는 이유를 물어보고 싶을 정도입니다.

인간은 주변의 것을 제멋대로 해석하는 성향이 있어 무슨 생각을 하는지 가늠할 수 없는 동물에게 온갖 정을 쏟기도 하고 고양이나 개를 위해 눈물을 흘릴 뿐 아니라, 새빨간 사과를 보면 사과의 기분마저 이해한다고 착각합니다.

그런데 사실 인간은 서로의 마음도 제대로 이해하지 못하는 존재입니다. 말이 통하는 사이라서 마음과 뜻이 잘 통할 듯해도, 턱을 괴고 한곳을 지그시 바라보고 앉아 있는 사람을 옆에서 지켜보기만 해서는 그 사람이 어떤 심정인지 알 수 없으니 혼자 추측만 할 뿐입니다.

여기서 두 가지 유명한 조각상을 떠올려보겠습니다.

첫째, 미켈란젤로가 조각한 로렌초 데 메디치 상입니다. 이는 로렌초 데 메디치의 묘 앞에 있는 조각상입니다. 일설에 따르면 로렌초 데 메디치의 조각상이 아니라고도 하지만 누구의 것인지는 중요하지 않습니다. 이 조각상은 투구를 쓰고 걸터앉아 무릎에 놓인 작은 상자에 왼손으로 턱을 괴고 있습니다. 얼굴은 약간 아래쪽을 향한 채 한곳을 주시하고 있습니다. 이 조각상을 이탈리아어로 '펜세로소 Penseroso'라고 하는데 '생각에 빠진 사람' 혹은 '사색하는 사람'이라는 뜻입니다. 무슨 고민을 하는지 궁금하지만 알 도리가 없습니다. 그러나 사진으로 보더라도 그 자세에서 마음에 와 닿는 무언가가 있습니다. 방대한 일기를 남긴 스위스 철학자 아미엘은 젊은 시절 이탈리아를 여행할 때 아름다운 피렌체에서 이 조각상을 보고 큰 감동을 받았습니다. 훗날 자신의 시집에 《생각에 빠진 사람》이라는 제목을 붙일 정도였습니다.

둘째, 로댕의 '생각하는 사람'입니다. 이 조각상은 사진이나 모조품을 통해 자주 볼 수 있는데 저는 이 조각상의 얼굴 부분을 크게 확대해서 찍은 사진을 갖고 있습니다. 오른손으로 턱을 괴고 있는 모습은 분명 생각하는 표정이지만 가만히 바라보고 있노라면 이따금 매우 괴로워하는 것처럼 보이기도 합니다. 눈썹 사이로 선명하게 보이는 주름, 아니 주름이라기보다는 근육 덩어리에 가까운 그것은 고상하고 심오한 무언가를 생각한다는 증표가 아니라 괴로움의 상처로 보입니다.

손으로 턱을 괸 자세에 대한 선입견 때문인지 모르지만

원래 생각한다는 것은 즐겁기보다는 괴로운 경우가 많지 않나 싶습니다. 이는 제 자신과 주변 사람들을 통해서도 알 수 있는데, 인간은 즐거울 때는 아무 생각도 하지 않는 것처럼 행동하거나, 더 나아가 아무것도 생각하고 싶어 하지 않는 것 같습니다. 아무 생각도 하지 않고 그저 순수하게 기쁨만을 만끽하는 편이 훨씬 즐겁고 쉬운 일이겠지요.

반면 괴로운 생각은 아무리 잊으려고 애써도 좀처럼 떨쳐버릴 수가 없습니다. 머릿속 어딘가에 들러붙어 떨쳐버리려고 하면 할수록 더 단단히 들러붙기 때문에 생각하기 위한 온갖 기능이 모두 그곳으로 집중됩니다.

괴로움을 수반하는 생각은 대체로 절실하기에 누구에게나 뚜렷한 기억으로 남지만, 인간에게 주어진 '생각하는 기능'의 진정한 역할은 괴로워하며 푸념을 늘어놓는 것이 아니라 그보다 더 의미 있는 것이어야 합니다. 약간 거창하게 말하자면 '생각하는 기능'은 인간이 보다 나은 상태가 되기 위한 심사숙고 혹은 그를 위한 노력이어야 합니다.

이렇게 보면 생각은 일상생활과 동떨어진 심오한 목적을 가진 행동입니다. 하지만 심오한 목적을 가진 행동도 우리의 일상과 연결됩니다. 건강을 유지하기 위해 어떻게 생활해야 좋을지, 생활에서 불합리한 부분을 없애기 위해 어떤 점을 고쳐야 할지 등 사소한 사항을 고민하는 일도 심오한 목적으로 이어집니다.

'생각하는 사람'이라는 말을 들었을 때 괴로운 표정으로 고민하는 미켈란젤로나 로댕의 조각상을 떠올리는 것이 결코 잘못된 것은 아닙니다. 하지만 '생각하는 사람'이라는 말에서 '어둡고 침울한 분위기에 잠겨 비참한 과거를 돌아보는 사람' 혹은 '나아갈 길이 보이지 않고 사방이 꽉 막힌 미래에 대해 노심초사하는 사람' 같은 이미지를 떠올린다면 이는 결코 바람직하지 않습니다.

철학자는 생각하는 일이 업이기 때문에 늘 인상을 찌푸리고 고민에 빠져 있는 사람으로 여겨지기 십상입니다. 그리고 철학자는 일반인의 상식과 전혀 다른 생각을 하기 때문에 외모를 꾸미는 데에도 관심이 없어서 비렁뱅이 같은 옷차림을 하고 다니는 이미지로 굳어졌습니다. 또 보통 사람은 거의 이해할 수 없는 말, 이해하려고 하면 상당한 노력이 필요한 말을 하는 사람으로 여겨집니다. 철학자는 어째서 이런 불명예스러운 낙인이 찍히게 된 것일까요?

저는 생각하는 직업이 특별히 따로 있다고 여기지 않기

때문에 생각하는 일이 철학자의 전매품이라는 인식을 버려야 한다고 봅니다. 그리고 생각하는 사람의 새로운 자세를 제시하고 싶습니다. 인상을 찌푸리기보다는 생글생글 웃는 사람, 심각한 표정으로 앉아 있기보다는 자신의 일을 척척 해내는 사람, 주의 깊고 신중하면서 당찬 몸놀림으로 망설임 없이 자신이 해야 할 일을 해나가는 사람이야말로 '생각하는 사람'이라는 수식어가 붙어 마땅합니다. 단순히 생각하는 사람이 아니라 제대로 생각하는 사람이어야 하기 때문입니다. 제대로 생각하려면 어떤 상황에서도 자신의 의지대로 몸을 움직일 수 있는 건강한 신체가 바탕이 되어야 합니다. 결국 제대로 생각하는 사람이 바람직한 행동을 할 수 있습니다.

저는 제가 감나무에 날아드는 작은 새들을 감상에 젖은 시선으로 바라보았다는 사실을 새삼 인정하지 않을 수 없습니다. 아마도 새들은 인간처럼 공상에 사로잡히거나 쓸데없이 예전 일을 후회하거나 미래에 대한 불안으로 절망에 빠지는 일이 없을 것입니다.

요즘에는 박새 서너 마리가 떼를 지어 날아오곤 합니다. 벌어진 나무껍질 틈에 숨어 겨울을 나는 벌레를 잡아먹으려고 오는 것이겠지요. 나무에 벌레가 숨어 있을 것이라는 확신을 갖고 벌레를 찾아다니는 기민한 몸놀림, 목숨을 유지하기 위해 항상 세심히 사방을 살피는 행동, 저는 오히려 이런 모습에서 '생각하는 자세'를 발견할 수 있다고 봅니다.

박새는 당당히 드러낸 회색빛 가슴에 새겨진 검고 윤기 나는 한 가닥 선을 뽐내며 내일도 이른 봄의 쌀쌀한 하늘로부터 빠져들 듯 제 창가로 날아들겠지요.

본다는
것에 대하여

들판이나 산을 걸을 때면 이름 모를 식물과 자주 마주칩니다. 아무래도 이름을 아는 식물보다는 모르는 식물이 더 많지요. 그래서 기회가 될 때마다 이름을 모르는 식물을 집으로 가져옵니다. 그 식물의 특징이 최대한 드러나는 부분을 꺾거나 아예 뿌리째 캐서 소중히 들고 오는 것이지요. 그리고 식물도감이나 관련 서적에서 그것이 어떤 식물인지 찾아봅니다.

하지만 집으로 들고 오기에 여의치 않은 경우가 제법 있습니다. 예를 들어 가져오고 싶은 식물이 커다란 나무이거나 채취 금지된 고산식물일 경우, 길을 걷다가 얼핏 눈에 띈 특이한 식물이 하필이면 남의 집 마당에서 자라고 있는 경우 등 어쩌면 집으로 가져오지 못하는 경우가 훨씬 많을지도 모릅니다. 그럴 때는 달리 방법이 없습니다. 제 눈으로 그 식물을 요모조모 뜯어보면서 머릿속에 통째로 집어넣는 수밖에요.

정말 신기한 식물이라면 메모지에 그 특징을 적어 오기도 합니다. 하지만 특징을 적어 와서 식물도감이나 다른 수많은 책을 뒤져본들 그 특징에 딱 들어맞는 식물을 대번에 찾아내기란 하늘의 별 따기입니다. 대부분의 경우 끝내 어떤 식물인지 알아내지 못한 채 넘어가고 맙니다. 꽃잎이나 암술·수술의 수는 기억할 수 있지만 저의 불완전한 관찰로는 어딘가에 가느다란 털이 있는지 없는지, 그 털이 올해 돋아난 것인지 작년에 돋아난 것인지 도저히 알아낼 수 없습니다. 그로 인해 식물의 이름을 알아내지 못한다고 생각하면 정말 안타깝습니다. 가까운 곳이라면 다시 가서 그 식물의 특징을 확인하고 싶을 정도입니다.

이는 곤충이나 작은 새의 경우에도 마찬가지입니다. 아

주 세심히 살펴본다고는 하지만, 제 기억을 책에 실린 자세한 설명과 대조해보면 아귀가 안 맞는 부분이 반드시 나타납니다.

그런데 보통 우리는 그보다 훨씬 아귀가 안 맞는 방법으로 사물을 본다는 사실을 알고 있나요? 우리가 매일 마주하는 것인데도 갑자기 떠올리려 하면 또렷하게 떠오르지 않는 대상이 많습니다. 가족이나 친한 친구의 얼굴을 그려보라고 하면 잘 그리지 못하는 사람이 태반일 것입니다. 이는 그림 실력과는 상관없는 이야기입니다. 사람 얼굴을 선명하게 떠올리려 해도 그 기억이 불확실해서 제대로 그릴 수가 없다는 뜻입니다. 안경이 얼굴 넓이의 얼마큼을 차지하는지, 코 위치가 어디쯤인지 확신을 갖고 그릴 수 있는 사람이 얼마나 될까요?

이처럼 '본다'라는 말은 아무 생각 없이 멍하니 허공을 바라보는 것부터 무언가를 주의 깊게 뚫어져라 관찰하는 것까지 실로 다양한 단계를 모두 아우릅니다. 이는 어쩌면 당연한 일일 수도 있지만 새삼 생각해볼 만한 가치가 있지 않을까 싶습니다. 제대로 보려고만 한다면 한없이 선명하게 보일 테고 애초에 제대로 볼 생각이 없다면 그 어떤 것도 제 모습을 드러내지 않겠지요.

얼마 전에 어느 지방으로 여행을 갔습니다. 마침 그곳에서 초등학생들의 과학 관찰 기록 전시회가 열리고 있었습니다. 전시된 관찰 기록 가운데에는 정말 놀라운 것이 많았는데 그중 한 가지를 기억나는 대로 정리해 소개하겠습니다. 한 초등학교 2학년 여학생의 관찰 기록입니다.

양지바른 모래땅에서는 깔때기 모양의 작은 구멍이 뚫린 개미지옥을 흔히 볼 수 있습니다. 개미 같은 작은 곤충이 개미지옥에 미끄러져 떨어지면 그 안에 있던 명주잠자리 애벌레가 기다렸다는 듯이 잽싸게 낚아채서 잡아먹습니다. 그런 개미지옥 중에는 구멍이 얕은 것도 있고 깊은 것도 있습니다. 그 초등학생은 그 점이 신기해 열심히 개미지옥을 관찰했다고 합니다. 관찰하는 것에 그치지 않고 그 흙을 집으로 가져가서 책상 위에 솔솔 뿌려가며 개미지옥과 반대 모양의 작은 산을 만들어보는 실험까지 했습니다. 그러다 개미지옥의 구멍이 얕은 곳은 흙이 낮게 쌓이고 구멍이 깊은 곳은 흙이 높게 쌓인 것을 알게 되었습니다. 그 흙을 자세히 관찰했더니 흙 알갱이가 고우면 낮게 쌓이고 굵으면 높게 쌓인다는 사실도 알아냈습니다. 이는 별것 아닌 듯 보이지만 초등학생치고 굉장한 발견이라 하지 않을 수 없습니다.

그 초등학생은 더 나아가 세제 가루나 유리 가루 등 여러 가지 가루를 쌓아 올리는 실험을 했고 그때 만들어지는 경사와 평면 사이의 각도를 표로 정리했습니다. 물론 각도를 재고 표로 정리하는 것은 선생님이 도와주셨겠지요.

어쨌든 이처럼 어린이들의 관찰 기록을 쭉 살펴보다 보니, 다 같이 하나의 사물을 바라보고 있어도 각자의 관심이 어느 곳을 향해 있느냐에 따라 사물을 보는 방법이 제각기 달라진다는 사실을 새삼 깨닫게 되었습니다. 또한 우리가 얼마나 많은 소중한 것을 무심코 지나치고 있는지, 그리고 눈앞에 우리의 관심이 닿기만을 간절히 기다리고 있는 존재가 얼마나 많은지 다시 한 번 생각하게 되었습니다.

어린이의 눈으로 보는 세상은 어른이 보는 세상과 다르다는 견해가 있습니다. 그래서 어른의 눈에 보이지 않는 것을 어린이는 쉽게 발견한다는 것이지요. 어른은 본다는 것에 너무 익숙해져버린 나머지 필요한 것이 아니면 눈길조차 주지 않는 일종의 습관 같은 것이 생기는 듯합니다.

방금 '필요'라는 말을 사용했듯이 우리는 무심코 사물을 보거나 듣기도 하지만 '필요'라는 채찍을 맞아가며 사물을 보거나 듣기도 합니다. 예를 들어 구름의 움직임을 유심히 살펴보는 사람은 대체로 기상관측이 업무인 사람으로 한정됩니다. 일반인은 태풍이 다가온다는 소식을 들으면 그다음 날 소풍을 간다거나 비가 내리면 곤란한 일이 있을 때가 아니고서는 구름의 상태를 신경 써서 살펴볼 일이 없습니다. 즉 날씨를 알 필요가 없으니 굳이 주의 깊게 하늘을 보지 않는 것입니다. 생각해보면 아무런 이유도 없는데, 혹은 어떤 필요에 쫓기지도 않는데 우리가 무언가를 하는 경우는 거의 없습니다.

《시간과 자유》《창조적 진화》《웃음: 희극적인 것의 의미에 관한 소론》등의 책을 쓴 프랑스 철학자 베르그송은 어느 날 강연 중에 '필요'에 대해 다음과 같이 이야기했습니다. 일반적으로 인간은 필요에 의해 행동하는데, 필요는 사물을 잘 보게끔 작용하는 게 아니라 도리어 필요 자체가 일종의 베일이 되어 사물을 잘 볼 수 없게 차단한다고 합니다. 그리고 그 필요에서 해방된 사람, 아무런 구속도 받지 않고 사물을 볼 수 있는 대표적인 사람으로 예술가를 꼽았습니다.

베르그송의 이야기는 어렵거나 거창한 것이 아닙니다. 예를 들어 나물을 캐러 들판으로 나가면 나물에만 온 신경이 집중됩니다. 그러므로 나물 바로 옆에 진기한 꽃이 피어 있더라도 알아차리지 못하고 지나칠 것입니다. 진기한 꽃을 살펴보는 일보다 나물을 한 뿌리라도 더 캐는 일이 중요하니까요. 어쩌면 아무 생각 없을 때보다도 더 알아차리지 못할 수도 있습니다. 나물을 많이 캐는 것이 목적이 아니라 나물 캐기 자체를 일종의 레크리에이션처럼 즐기는 경우라면 이야기가 달라지겠지만요.

우리 모두가 예술가가 되어야 한다는 말은 아닙니다. 하지만 가끔은 예술가의 눈으로 사물을 바라봐도 좋을 것 같습니다. 필요한 것과 불필요한 것을 정확히 나눈다거나, 봐봤자 별 소용이 없는 것 혹은 본다 한들 전혀 도움이 되지 않는 것을 굳이 구별해서 불필요하다고 믿는 것을 보지 않는 건 어리석은 행동 아닐까요? 보려고만 하면 얼마든지 볼 수 있는 눈이 있는데 왜 이렇게 어리석은 행동을 하는 걸까요?

과연 '봐봤자 별 소용이 없다'는 판단은 정확할까요? 생활 속에서 스스로 불필요하다고 믿어버리는 대상은 깡그리 무시하고 필요한 것만 보겠다는 태도, 그런 삶은 정말이지 무미건조하지 않을까요?

그런 태도를 가진 사람은 어쩌면 자신의 분주한 생활을 합리화하고 싶어 하는지도 모릅니다. 정신없이 바쁜 나날을 보내고 나서 자신의 신세를 한탄하거나 투덜대고 싶은 것이지요. "워낙에 바빠 쉴 틈도 없는데 봄이 되었다고 해서 한가로이 꽃구경이나 할 여유가 어딨어?"라고 말하고 싶은 것입니다.

하지만 아무리 바쁜 사람이라도 여유가 아예 없지는 않습니다. 자동차를 타고 이동할 때나 버스를 기다릴 때 아주 잠깐이나마 여유가 생기기도 합니다. 회사와 집을 오가는 전철 안에서 찌푸린 표정으로 눈을 감고 있지 말고 잠깐의 여유를 활용해 주변을 둘러보는 것은 어떨까요? '필요'라는 사슬을 스스로 풀어 헤치고 창밖을 바라보세요. 늘어선 지붕이 향해 있는 하늘에도, 좁은 골목 사이에도, 전철 안에도, 혹은 누군가의 표정에도 눈을 크게 뜨고 바라볼 만한 대상은 많습니다. 그곳에서 발견해내는 무언가는 아마도 일상의 피로를 싹 잊게 만들기에 충분할 것입니다. 멍하니 허공만 바라볼 때 우리의 눈은 김이 서려 흐릿한 작은 거울에 지나지 않습니다.

의심한다는 것에
대하여

고대 그리스에 피론이라는 철학자가 있었습니다. 회의론자였던 그의 묘비에 이런 문구가 적혀 있다고 합니다.

"당신은 진정 죽었는가? 죽었는지 안 죽었는지 나는 모른다."

이 문구는 언뜻 회의론자였던 피론을 조롱하는 것처럼 들립니다. 하지만 피론은 신처럼 고결한 성품으로 당시 사람들로부터 많은 존경을 받았기 때문에 이 문구에 조롱의 의미가 담겼다고는 생각하기 힘듭니다.

피론의 회의론에 관해 여기서 상세히 말씀드리지는 않겠

습니다. 그저 인간은 의심을 함으로써 올바른 것과 잘못된 것, 좋은 것과 나쁜 것을 판단한다는 사실만큼은 일러두고 싶습니다.

그런데 의심의 결과가 틀리는 경우가 있습니다. 여러 가지 조건을 의심해본 후 별다른 단점이 없고 장점만 눈에 띈다면 '분명히 좋은 것'이라고 판단하고 싶겠지만, 사실 모든 조건을 하나도 빠짐없이 의심해보았다고는 장담할 수 없습니다. 우리는 어쩌면 판단에 필요한 조건을 속속들이 알지 못하기 때문에 늘 치명적인 판단 착오를 저지르는지도 모릅니다.

그리고 인간은 항상 마음이 흔들리기 때문에 모든 것을 단정 짓지 않으면 왠지 불안해집니다. 차라리 진실을 알 수 없다고 믿는 편이 마음을 평온하게 하는 데 도움이 될지도 모릅니다.

회의론자는 피론 이후로도 끊이지 않고 등장했습니다. 회의론자가 '나는 모른다'고 말하더라도 그 순간에 '자기가 모른다는 사실'만큼은 알고 있고, '자기가 모른다는 사실'을 알고 있는 '자기'가 그곳에 존재합니다.

그래서 '나는 대체 무엇을 알고 있는가?'라는 의문문을 사용해서 모든 것을 의심하는 태도를 드러내는 사람도 나타났습니다. 현재 일본에 프랑스의 '크세주 문고'가 번역되어 나와 있습니다. '크세주Que sais-je'는 몽테뉴의 《수상록》에서 인용한 말로 '나는 무엇을 아는가'라는 뜻입니다.

이 말은 당당히 문고 이름으로 사용된 것에서도 알 수 있듯이 '나는 도대체 아는 게 하나도 없어'라는 자조적인 의미가 아니라 '나는 여러 가지를 알고 있다고 생각하지만 그것은 착각일지도 모른다'는 겸손의 의미입니다. 우리는 극히 자그마한 부분밖에 알지 못하기 때문에 겸허한 마음으로 올바른 지식을 익히려고 노력해야 한다는 뜻이지요.

의심하는 것은 훌륭한 행위로 여겨질 때도 있고 천박한 행위로 여겨질 때도 있습니다. 얼마 전에 책에서 읽은 두 마리 여우의 이야기를 들려드리겠습니다. 한 마리는 트라키아라는 나라의 여우이고 또 한 마리는 중국 여우입니다. 이 여우 두 마리가 얼어붙은 강을 앞에 두고 고민에 빠졌습니다. 강을 건너려는데 과연 강 위의 얼음이 자신의 몸무게를 견뎌낼 수 있을 만큼 두꺼운지 의심하는 것이었습니다. 강을 건너려는 여우에게는 얼음의 두께가 매우 중요한 문제입니다. 만약 얼음 위를 건너다가 얼음이 깨지기라도 하면 차디

찬 물속으로 푹 빠져버릴 것입니다. 여우 두 마리는 고민을 거듭한 끝에 강을 건너는 데 성공했습니다.

저는 여우 두 마리가 각자 어떤 결의를 했는지, 어느 정도의 확신을 갖고서 강을 건넜는지, 다르게 말하면 어느 정도의 의심을 하고서 강을 건넜는지 알 수 없습니다. 다만 이 여우 두 마리의 태도에 대해 트라키아 사람들과 중국 사람들의 견해가 달랐습니다.

트라키아 사람들은 여우가 신중하고 조심스러웠을 뿐 아니라 얼음의 두께를 의심하면서 실수 없이 판단을 내렸기 때문에 매우 영리한 동물이라고 칭찬했습니다. 그래서 트라키아에서는 얼어붙은 강을 건널 때 앞에서 여우가 안전하게 안내해준다고 여깁니다.

하지만 중국 사람들은 그렇게 생각하지 않았습니다. 어차피 강을 건널 수 있었는데 쓸데없이 망설였던 것이 어리석은 태도라고 경멸했습니다. 그래서 중국에서는 여우를 쓸데없이 의심 많은 동물로 여긴다고 합니다.

이 이야기는 인간에게도 적용할 수 있습니다. 무엇이든 의심하는 사람을 보면 신중하다고 느낄 수도 있지만 의심이 지나치다고 느낄 수도 있지요.

그런데 왜 우리는 신중한 것이 좋다고 생각할까요? 주변을 둘러보지 않고 무작정 행동하는 사람이 어처구니없는 실수를 저지르는 모습을 많이 봤기 때문이겠지요. 조금만 의심하고 올바른 판단을 내린다면 사소한 것에 발목 잡히는 일을 사전에 예방할 수 있을 것입니다.

반면에 의심이 지나치다고 느끼는 경우는 어떨까요? 의심이 지나치다고 느끼는 것은 용기가 없어 보이거나 소극적인 태도로 비친다는 뜻입니다. 그것은 날씨 변화에 전전 긍긍한다거나, 행여 하늘이 무너지지 않을까 두려워한다거나, 혹은 앞서 말한 것처럼 얼음 두께를 의심하느라 강을 건너지 못하는 태도를 말합니다. 의심의 대상이 자연일 때는 지나치게 신중한 성격이라거나 겁쟁이라는 평가만 받고 끝날 수 있겠지만, 의심의 대상이 사람이라면 문제가 상당히 복잡해집니다.

어떤 인물을 비평할 때 '그 사람은 바보처럼 착하다'는 말을 흔히 합니다. 바보처럼 착한 사람은 거짓말도 곧이곧대로 믿어버리고 자신이 속았다는 사실조차 끝까지 알아차리지 못합니다. 그런 사람은 남을 의심하지 않기 때문에 남에게 상처를 주지 않습니다.

그러나 일반적으로는 누군가 자신에게 거짓말을 하거나 기만하려는 눈치가 보이면 불쾌해지고 의심하게 됩니다. 그리고 남이 자신을 속이려는 게 아니라는 사실을 알아차리는 순간 안심하게 됩니다.

그런데 이때 의심의 정도가 심해질수록 의심의 태도도 노골적으로 드러나기 때문에 남의 마음을 해치기도 합니다. 호의를 갖고 무언가를 해주려고 하는데 그것을 믿지 않고 무언가 꿍꿍이가 있다고 의심한다면 상대방도 이를 금방 알아차릴 수 있습니다. 의심하는 마음을 드러내면 상대방은 결코 좋은 기분이 들지 않을 것입니다.

다양한 사정과 감정이 얽혀 있을 때는 사람과 사람 사이의 교류가 매우 복잡해집니다. 나라와 나라 사이의 관계도 마찬가지입니다. 그러므로 이상적인 사회를 만들려면 우선 인류 전체가 서로를 신뢰하는 기반을 구축해야 합니다. 그 누구에게도 자신의 마음을 숨기지 않고 드러내고, 적어도 남을 속이려 들어선 안 됩니다.

하지만 그것은 어디까지나 이상적인 사회일 뿐입니다.

이상적인 사회를 만들기 위해 노력은 해야겠지만 현실에서 혼자서만 바보처럼 착한 사람이 되려는 것은 그야말로 어리석은 일입니다.

그렇다면 대체 '의심'을 어떻게 대하는 게 좋을까요? 남의 마음을 불필요하게 파헤치고 싶어 하는 안 좋은 의심은 버리고, 의심의 기능을 자신의 문제로 향하게 하는 것이 어떨까 싶습니다.

예전에 이 문제에 관해 꽤 진지하게 생각한 적이 있습니다. 맑게 갠 초여름의 어느 기분 좋은 날, 혼자 대학교 캠퍼스를 걷고 있었습니다. 그해에 새로 심은 나무를 스쳐오는 바람이 너무나 달콤해서 연구실에 앉아 책이나 읽고 싶은 기분이 아니었습니다. 테니스장 쪽으로 걷다 보니 가볍고 상쾌한 공 소리가 들려와서 잔디에 앉아 잠시 테니스 연습하는 모습을 지켜보았습니다. 적당히 물기를 머금은 코트에서 하얀 반바지에 하얀 셔츠를 단정하게 차려 입은 두 청년이 햇살에 눈부시게 빛나는 공을 따라 좌우로 혹은 앞뒤로 몸을 움직이면서 공을 받아넘기고 있었습니다. 때로는 강력한 직선으로, 때로는 완만한 곡선으로 날아가는 공을 바라보다가 문득 한 청년의 몸놀림에 눈길이 꽂혔습니다. 공을 받아넘긴 후 그는 불필요하게 왔다 갔다 하지 않고 적당한 위치에서 허리를 가볍게 낮춘 자세로 다시 공이 넘어오기를 차분히 기다렸습니다. 그 자세는 정말 아름다웠습니다.

육체와 정신이 조화를 이룬 긴장된 자세, 그것이야말로 우리가 갖춰야 할 태도여야 하지 않을까 싶습니다. 그리고 그것이 우리가 의심을 대하는 올바른 자세라고 생각합니다.

안다는
것에 대하여

봄이 되면 주변에 가지각색의 꽃이 피고 꽃밭 위를 팔랑
팔랑 날아다니는 나비도 볼 수 있지요. 저는 보통 사람들보
다 자연에 관심이 많습니다. 이 사실을 아는 근처에 사는 아
이들이 가끔씩 곤충을 잡아 와서 제게 이름을 묻습니다.

"아저씨, 이 나방 엄청 큰데 이름이 뭐예요?"

이렇게 물은 아이는 감당하기 힘든 말썽꾸러기입니다.
저희 집 담장의 대나무 봉을 뽑아 야구방망이로 사용하기
도 하고 나무에 올라가 가지를 꺾는 데에도 전문가입니다.
그 아이가 하늘색 물빛 나방을 한 마리 잡아 와서는 손으로

한쪽 날개를 잡은 채 제게 보여주며 이름을 물었습니다.

"그런 식으로 잡으면 나방이 푸드득거릴 때 날개에서 가루가 떨어져. 나방이나 나비는 이렇게 잡아야 해."

저는 일단 잡는 법부터 알려준 뒤 그 나방 이름이 긴꼬리산누에나방이라고 말해주었습니다. 그리고 너무 긴 이름이라 아이가 잊어버릴까 봐 종이에 적어주었습니다. 이 나방의 애벌레가 어떤 모습이고 어떤 식물의 잎을 먹고 사는지 자세히 알려주려다가 참았습니다. 그 아이는 아직 초등학교 3학년이고, 아이가 알고 싶어 한 것은 나방의 이름이었다는 사실이 떠올랐기 때문입니다.

평소에는 말썽꾸러기인 아이도 이름을 알고 나서 만족스러운 표정으로 돌아갔습니다. 그 모습을 보며 저는 "지식을 얻는다는 것은 묘한 쾌감과 기쁨을 수반한다"라는 격언이 생각났습니다. 저는 아이들에게 질문을 받으면 한창 집중해서 일하고 있을 때라도 싫은 기색 없이 대답해줍니다. 만약 그 곤충 이름을 모르거나 긴가민가할 때는 아이와 함께 책을 찾아봅니다.

시인 오자키 기하치가 예전에 식물학자 마키노 도미타로를 비롯한 식물 동호회 사람들과 식물을 채집하러 갔을 때

다음과 같은 글을 쓴 적이 있습니다.

"마키노 선생님, 이 식물의 이름이 뭔가요?", "이 식물을 뭐라고 부르나요?" 하는 질문이 쇄도하자마자 마키노 선생님은 그 자리에서 주저 없이 설명해주었다. 마키노 선생님이 설령 모든 식물을 구분할 수 있는 건 아니라 하더라도 나는 그저 선생님의 꼿꼿한 기억력과 광대한 지식에 놀랄 따름이다. 식물학자로서 선생님의 열정을 보면 이는 당연한 일일 것이다. 도시락을 싼 보자기를 허리에 묶고 작은 식물 채집통을 어깨에 멘 귀여운 초등학생이 새끼손가락만 한 식물을 들고 마키노 선생님을 찾아가서는 "선생님, 이게 뭐예요?"라고 묻자 "그건 솔잎이란다"라고 말하면서 아이의 머리를 쓰다듬을 때의 따스하고 아름다운 표정을 나는 잊지 못한다.

저는 이 글이 매우 마음에 듭니다. 안다는 것을 통해 사람들끼리 따뜻한 무언가를 나누는 게 느껴지기 때문입니다. 우리는 그저 이 정도는 알아두어야 한다는 생각에 혹은 이 정도도 모르면 바보 취급당한다고 여겨 책을 읽거나 공부를 합니다. 물론 그것도 분명히 필요한 일이지만, 그런 생각을 가지고 기계적으로 하는 공부는 결국 시험을 위한 공부에 그치고 맙니다. 무언가를 알게 되었을 때 느끼는 쾌감과 기쁨 같은 것은 좀처럼 경험하기 어려운 셈이지요.

저 자신조차 이런 경향이 있습니다. 제가 모르는 지식이라도 누군가는 알고 있다고 생각해서, 다시 말하면 대부분의 지식이 책에 쓰여 있다고 생각해서 특별히 탐구하려고 하지 않습니다. 다양한 고전을 항상 곁에 두고 필요할 때마다 책에서 지식을 얻는다는 것은 의외로 대단한 일입니다. 그 책에 오류가 없는 한 말이지요. 옛날 사람들은 우리보다 지식을 얻는 방법이 훨씬 적었을 것입니다. 또한 그 지식이 틀린 경우가 많았을지도 모릅니다. 콜럼버스 세대 이전의 사람들은 대부분 세상 어딘가에 다른 대륙이 있을 거라는 생각조차 하지 않았을 것입니다. 이처럼 인간의 호기심에서 비롯된 발견이나 발명은 지식의 영역을 넓혀주었습니다.

그렇다면 안다는 것과 아는 척하는 것의 차이를 생각해봤으면 합니다. 안다는 것에는 알고 싶은 의욕과 호기심이 존재합니다. 아는 척하는 것에는 호기심이 없습니다. 안다는 것에서 중요한 것은 호기심입니다. 호기심 때문이 아니라 이 정도도 알지 못하면 비웃음을 산다거나 상식이 없다고 평가받을까 두려워 지식을 탐구한다면 외부의 힘에 의해 억지로 알려고 하는 것과 같습니다. 그런 사람은 자신의 마음을 들여다보지 못합니다. 그저 비웃음을 사기 싫어서, 바보 취급당하기 싫어서 알려는 것일 뿐입니다. 지식에 완전히 무관심한 것보다야 낫겠지만 그렇게 지식을 얻으면 기쁨은커녕 오히려 고통만 커집니다.

그보다 훨씬 안 좋은 것이 아는 척하기 위해서 가능한 한 쉬운 방법으로 아는 척하는 데 필요한 지식만을 얻으려는 태도입니다. 젊은 사람들과 이야기를 나누다 보면 정말 박식하다고 느껴지는 경우가 있습니다. 문학이나 미술, 무대 예술에 관해서도, 또 정치나 국제 정세에 관해서도 매우 잘 알고 있는 것처럼 보입니다. 알고 있을 뿐 아니라 그런 것에 대해 비평까지 합니다. 거기다 그에 대한 자신의 입장까지 확고히 갖춘 듯 보이기 때문에 이야기를 듣다 보면 놀랄 정도입니다. 하지만 제가 약간 짓궂게 물어보거나 조금 더 자세히 설명해달라고 하면 곳곳에서 허점이 발견됩니다. 쉽게 말하면 그들의 지식 가운데 대부분은 빌려온 지식이었던 것입니다. 지식뿐 아니라 그들이 사용하는 용어조차도 누군가가 한 말을 그대로 인용한 것이었습니다. 그것은 특히 학술적인 용어나 철학 용어에서 더욱 눈에 두드러졌습니다. 이것은 지식을 탐구하는 것이 아니라 남의 지식을 빌리는 것입니다. 남의 지식을 빌리는 것은 자신을 꽤 매력적으로 꾸밀 수 있는 수단입니다. 화려한 옷을 입고 자신을 과시하려는 것과 별반 다르지 않습니다. 요즘 각광받는 다이제스트식 책은 얕은 지식을 얻는 데 비교적 시간과 돈이 적게 들어 지극히 편리합니다. 그러나 이를 악용하면 매우 위험합니다. 남에게서 빌린 지식으로라도 자신을 매력적으로 꾸미려는 것은 아마도 인간의 마음속 깊이 뿌리 박힌 허영심 때문일 것입니다. 파스칼은 이런 허영심에 관해 다음과 같은 말을 남겼습니다.

허영은 사람의 마음속에 너무도 깊이 뿌리박혀 있어서 병사도 하인도 요리사도 인부도 자기를 사랑하고 찬양해줄 사람을 원한다. 심지어 철학자도 자신을 숭배할 사람을 찾는다. 이에 대해 반박하는 글을 쓰는 사람도 훌륭히 썼다는 영예를 얻고 싶어 한다. 이것을 읽는 사람은 읽었다는 영광을 얻고 싶어 한다. 그리고 이렇게 글을 쓰고 있는 나 자신에게도 그런 바람이 있는지 모른다. 아마도 이 글을 읽는 사람에게도…….

저는 이 글을 통해 허영심에서 비롯된 지식은 막상 필요할 때 전혀 도움이 되지 못 한다는 사실만큼은 확실히 짚고 넘어가고 싶습니다. 정말 알고 싶은 지식이 무엇인지 다시금 곰곰이 생각해보기 바랍니다. 큰 지식이든 작은 지식이든, 구체적이고 현실적인 지식이든 추상적인 지식이든 마찬가지입니다. 만일 진지하게 알고 싶거나 얻고 싶은 지식이 있다면 책을 통해 얻든 어린아이에게서 배우든 확실히 자신의 것으로 만들어야 합니다. 지식을 대하는 마음이 소박할수록 더 큰 기쁨이 따라옵니다. 또한 그것이 지금 당장 도움 되지 않는다 하더라도 언젠가는 반드시 자신의 성장에 도움을 줄 것입니다. 무언가를 알고 싶을 때 그 지식을 배우는 일이 언뜻 성가셔 보이더라도 의욕만 있으면 의외로 쉽게 지식을 얻을 수도 있습니다.

쉽게 이해할 수 있을 듯하면서도 좀처럼 이해하기 어려운 것은 바로 인간의 마음입니다. 자기 자신의 마음은 스스로가 가장 잘 안다고 생각하지만 사실은 세상에서 가장 알기 어려운 것이 아닐까 싶습니다.

속이는
것에 대하여

남을 속이는 것은 물론이거니와 개나 고양이 같은 짐승을 속이는 것도 좋은 일이 아닙니다. 하지만 그것을 무조건 나쁘다고 말할 수는 없습니다. 저는 좋고 나쁨이나 옳고 그름은 딱 잘라 구별할 수 있는 것이 아니라고 생각합니다. 그러므로 속인다는 것에 관해서도 꼭 나쁘다고만은 할 수 없다는 조심스러운 견해를 갖게 되었습니다.

우리의 삶은 서로 속고 속이는 것처럼 보입니다. 그런데 그것이 오로지 악의적인 면만 있지는 않은 듯합니다. 별생각 없이 무작정 남의 말을 믿어버린다면 어수룩한 사람으로 평가받기 십상입니다. 의심하지 않고 무작정 무언가를 믿는 행동은 그것이 아무리 믿을 만한 것이더라도 아주 위험한 행동이거나 일종의 모험을 하는 것과 마찬가지일 것입니다.

얼마 전 어느 잡지의 기획 기사와 관련해 아주 활달한 성격의 젊은 여성과 이야기할 기회가 있었습니다. 그 잡지는 젊은이들의 교양을 높이기 위해 인생에 관한 다양한 문제를 생각하게 만드는 기사를 매 호 실었는데, 작년부터는 '참되게 살기'라는 주제를 다양한 각도에서 다루고 있었습니다. 그런데 '참되게 살기'에 반대하는 독자가 있다며, 저더러 한번 만나서 이야기를 해보라는 것이었습니다. 여성 독자는 한눈에 봐도 꽤 시원시원한 성격이어서 저 같은 사람이 상대하기에 벅차 보였지만, 논쟁하거나 싸우기 위한 자리가 아니어서 가벼운 마음으로 대화에 참여했습니다.

단 두 시간만의 만남으로 그 사람에 대해 이러쿵저러쿵 단정 지어 말하긴 어렵지만 그 여성은 그다지 유별난 사람이 아니었습니다. 그녀의 의견을 저 나름대로 정리해보자면 다음과 같습니다.

'참되게 살라고 귀에 못이 박이도록 말해봤자 세상 돌아가는 구조나 인간의 욕심은 쉽사리 변하지 않습니다. 오늘날은 생존경쟁이 치열한 시대이며 홀로 고상한 척해봐야 아무짝에도 쓸모없습니다. 오히려 모난 돌이 되어 따돌림 당하거나 곤욕을 치르기 십상입니다. 그러므로 참되게 사는 데 신경 쓰기보다는 오히려 남을 어떻게 하면 남에게 속지 않고 그들을 앞지를 수 있는지 생각을 해야 합니다.'

이것이 그녀의 의견이었습니다.

저는 그 의견에 반대하지는 않았지만 전적으로 찬성하지도 않았습니다. 찬성하는 데는 조건이 필요했습니다. 저는 이렇게 생각합니다.

만약 여러분이 꽃씨를 구입해 꽃이 성장하기에 가장 알맞은 시기에 심었다고 생각해봅시다. 정성 들여 돌봐서 반드시 꽃을 피우겠노라 마음먹겠지요. 재배하는 데 특별히 어려운 점은 없겠지만 비료의 양이나 기온을 늘 신경 써야 합니다. 그렇게 실수 없이 돌봐주었다고 생각했는데 시간이 아무리 지나도 꽃이 피지 않는 경우도 있습니다. 꽃이 피기는커녕 도중에 말라 죽어버리기도 하고 싹조차 트지 않는 경우도 있습니다. 그러면 비료를 너무 많이 주지는 않았는지, 너무 그늘에만 둔 것은 아닌지, 고양이가 여기저기 헤집고 다니지는 않았는지 등 꽃이 피지 않은 원인을 이리저리 생각하게 됩니다. 그러다 자신의 실수를 깨닫게 된다면 마음이 몹시 괴로워질 것입니다.

그런데 아무리 생각해도 꽃이 말라 죽거나 피지 않은 원인이 납득되지 않는다면 안타깝고 분한 마음이 들 것입니다. 그렇다고 꽃씨에 배반당했다거나 속았다고는 생각하지 않습니다. 꽃집에서 처음부터 부실한 꽃씨를 팔았다고 의심을 품을지도 모르지만, 꽃이 피기를 기대하고 키운 꽃에 속았다고 생각하지는 않습니다.

다음 날 날씨가 분명히 좋을 것이라 생각하고 여행을 떠났는데 갑자기 비가 내리더라도, 날씨 변화를 남 탓으로 돌릴 수도 없을뿐더러 날씨에 속았다고 생각하지 않습니다. 꽃이나 날씨에 대해 기대를 할 수는 있습니다. 하지만 기대에 어긋났다고 해서 배반당했다고 생각한다면 너무 자기중심적이지 않을까요? 왜냐하면 꽃이나 날씨가 우리의 기대를 알 수는 없으니까요. 아무리 그 원인을 알 수 없더라도 무언가 이유가 있을 것이라고 생각할 수밖에 없습니다.

하지만 상대방이 꽃이나 날씨 같은 자연이 아니라 사람

인 경우 그 관계는 꽤 복잡해집니다. 두 사람의 관계에서 상대방에게 일방적으로 기대를 하고 상대방이 그것을 이루어내지 못했다고 실망한다면 앞서 말한 꽃이나 날씨의 경우와 별반 차이가 없을 것입니다. 물론 서로 이야기를 나누고 손가락까지 걸며 약속한 일에 대해 상대방이 태도를 확 바꾸었다면 이는 분명히 속았다고 할 수 있습니다. 아무리 속상해도 이미 늦었고, 그런 사람이라고는 생각지도 못했다고 한탄하며 자신의 어리석음을 반성해봤자 어찌할 도리가 없습니다.

저와 이야기를 나눈 그 젊은 여성은 아무리 믿음직한 사람이라도 어떤 사정으로 마음이 바뀔 수 있으니 속고 나서 억울해하기보다 무작정 믿지 않는 것이 중요하다고 말했습니다. 그리고 더 나아가 서로를 신뢰하는 관계를 만들지 않는 것이 가장 현명하다고 이야기했습니다. 그녀가 인간관계에서 실패했던 괴로운 경험을 몇 번이고 거듭한 결과 그런 사고방식을 갖게 되었는지, 아니면 스스로 이론을 세워이끌어낸 결론인지는 알 수 없습니다만, 이제 고등학교를 갓 졸업한 그녀는 자신의 주장을 '고독주의'라고 표현했습니다.

저는 그런 고독주의에 반대하지 않았고, 그만큼 조심성을 갖는 것도 분명히 괜찮아 보였습니다. 하지만 너무 견고한 고독주의에 빠지기보다는 가벼운 마음가짐으로, 남에게 속지 않도록 경계하는 정도로 고독주의를 생각하는 편이 좋겠다고 말했습니다. 우리가 서로를 굳게 신뢰할 수 있다면 그보다 더 바람직한 일은 없을 터이니 당연히 친해져야 할 사람에게까지 처음부터 희망을 갖지 않는 것은 생각해볼 문제라고 말했습니다. 상대방을 믿지 않으면 반드시 외로움이 찾아오는 법이니까요.

남을 고의로 속이는 것은 평범한 사람이 할 수 있는 일이 아니기 때문에 여기에서 굳이 다룰 필요도 없습니다. 하지만 자각 없이 무심코 남을 속이게 되는 결과가 생기는 경우도 있습니다. 그런 경우에도 서로 이해할 수 있는 여지가 없는 것은 아닙니다. 하지만 이런 것보다 꼭 말하고 싶은 것이 있습니다. 그것은 자기 자신을 속이는 일을 가장 두려워해야 한다는 것입니다. 자기 자신에게 속는 것은 남에게 속는 것보다 훨씬 무서운 일입니다.

우리는 아무리 노력해도 어찌할 도리가 없는 일이라면 더 이상 끙끙 앓지 말고 깨끗이 포기하는 것이 낫다고 배웠습니다. 이는 맞는 말입니다. 이미 지나간 일을 계속해서 고민하는 것은 어리석은 일입니다. 그 잘못된 경험에서 배워야 할 것을 배우고 귀중한 자산으로 활용할 수 있다면 더 이상 미련을 두지 말아야 합니다. 그리고 지금까지와는 다른 자신이 되어야 합니다.

하지만 이와 비슷한 경우라도 이를 악물고서라도 포기해서는 안 되는 경우가 있습니다. 하나의 예로 국민 전체를 강압적으로 끌고 가는 권력이 있다면, 게다가 그것이 분명히 국민을 불행으로 빠뜨리는 잘못된 힘이라면, 우리는 당연히 그에 저항할 것입니다. 그러나 저항할수록 그 권력이 더 강해진다면 저항의 힘은 점점 약해지고 뒷걸음질 치게 됩니다. 그렇다고 저항을 포기해서는 안 됩니다.

다만 방법을 바꿀 수는 있습니다. 목숨이 위태로운 상황에서 죽음이 두려워 저항을 포기하기보다는 살아남아서 할 수 있는 방법을 찾을 수도 있습니다. 하지만 그때 마음속 깊은 곳에서 저항을 포기하는 것이 편한 길이라는 생각에 자신의 신념마저 버린다면 그것이 바로 자신을 속이는 것입니다.

저는 그럴 때마다 몽테뉴의 말을 떠올립니다.

"내 이성은 굽히거나 꺾이지 않는다. 굽히거나 꺾이는 것은 내 무릎이다."

일한다는
것에 대하여

보수가 어떤 형태로 얼마나 나오는지를 떠나 일을 하지 않으면 인간은 사회생활에 참여할 수 없습니다. 곧 인간은 사회생활을 하지 않으면 돈을 벌기 어렵습니다.

'일한다'고 하면 대체로 돈 버는 일을 떠올립니다. 이는 당연한 일입니다. 만약 돈을 받지 못하는데도 불평 없이 일을 계속한다면 틀림없이 다른 일로 생계를 꾸리고 있을 것입니다. 그게 아니라면 열매나 나무뿌리만 먹고도 살 수 있다거나 신선처럼 이슬만 먹고도 살 수 있다고 착각하는 경우겠지요. 간혹 돈을 받지 않고 자원봉사 형태로 교회를 청소하고 싶어 하는 사람도 있는데, 이는 스스로 매일 새벽마다 교회에 나가 예배를 보는 사람과 대체로 비슷한 심리라고 할 수 있습니다.

저는 한때 도호쿠 지방의 시골에서 지냈습니다. 전쟁으로 집이 불에 타버려 도쿄에서 도호쿠까지 쫓겨나듯 이사할 수밖에 없었습니다. 어느 농가의 방 하나를 빌려 신세를 졌는데 그 농가에서는 저희를 친절하게 대해주었습니다.

그곳에서 지내면서 한 가지 경험한 것이 있습니다. 농부들은 책을 읽고 글을 쓰는 직업이 있다는 사실을 전혀 모르는 것은 아니지만 왠지 저를 보고 놀고 먹는다고 생각하는 것 같았습니다. 초등학생이나 중학생이 교과서를 읽고 있으면 '공부하고 있구나' 하고 생각할 테지만, 집과 가재도구가 완전히 불타버려 남의 집에 얹혀사는 남자가 들입다 책만 읽는 것은 아무리 봐도 이해하기 어려운 일이었나 봅니다. 하긴 당연한 일일지도 모릅니다. 저 자신을 돌이켜봐도 스스로는 전혀 놀고 있다고 생각하지 않지만, 책상 앞에 앉아 책을 읽는 척하며 아이에게서 압수한 만화책을 읽은 적도 있었고, 주인집 딸에게 부탁받고 브로치 그림을 그릴 때도 있었습니다. 그러니 농부들이 쟁기와 괭이를 메고 짚신을 신고 논이나 밭에 나가지 않는 저를 보고 일한다고 여기지 않는 것은 당연했습니다.

저는 그 사실을 알아차리고 나서 날씨가 좋은 날이면 농부들의 일을 도와주기로 했습니다. 책은 되도록이면 밤이나 비 오는 날에 읽었습니다. 젊은이들이 거의 징병되어 군대에 갔기 때문에 논밭에서 도와줄 일은 얼마든지 있었습니다. 그 덕분에 모내기, 김매기, 벼 베기 등을 어느 정도 익히게 되었습니다. 결국 저 자신도 몸을 움직여 힘을 쓰는 일이야말로 '일한다'는 말과 가장 잘 어울린다고 생각하게 되었습니다. 도시의 관청이나 은행에 취직해 샐러리맨으로 일하는 것조차 일한다는 것과는 동떨어지게 느껴지는 것도 어쩐지 공감할 수 있을 듯했습니다.

저는 지금 마이크 앞에 앉아 이런저런 이야기를 녹음하고 있습니다(이 글은 원래 라디오 방송 원고이다-옮긴이). 잡음이 들어가지 않도록 기침도 최대한 참으면서 이야기를 하는 것은 무척이나 갑갑한 일입니다. 또한 전날 밤에 오늘 이야기할 내용을 생각하고 글로 정리하는 것도 상당한 노동입니다. 그런데 아무리 생각해도 가만히 앉아 이야기하는 것은 왠지 노동이라고 부를 만한 가치가 없는, 노동이라는 이름에 어울리지 않는 일처럼 보입니다. 노동절 포스터에도 손에 괭이를 들고 밭으로 향하는 농부, 공장에서 물건을 만드는 직공, 탄광의 광부는 등장하지만 이렇게 가만히 앉아서 책이나 읽고 글이나 끼적이는 모습은 절대로 찾아볼 수 없습니다. 사실과 다르다고 항변하고 싶지만, 뭐 어쩔 수 없는 일이지요.

그러고 보니 예술가가 세상에서 어떻게 취급받고 있는지 궁금해집니다. 예술가는 철학자와 마찬가지로 일종의 별난 사람으로 여겨지는 듯합니다. 사람들은 미술이나 음악에 꽤 관심을 갖고 있고 전람회에 사람들이 북적북적하지만 예술가에 대한 이해는 의외로 부족하지 않나 싶습니다. 어느 미술학교 교사로 근무하는 제 친구에게서 들은 이야기인데 음악 쪽은 그나마 괜찮은 편이지만 화가를 지망하는 사람은 대부분 가족이 반대한다고 합니다. 그 이유를 노골적으로 말하지는 않지만 예술가는 별종 혹은 게으른 사람으로 여겨지고 돈벌이도 별로 기대할 수 없다는 것이 이유인 듯합니다.

다른 직업을 갖고 있는 사람 중에도 게으른 사람이 있듯이 예술을 하는 사람 중에도 빈둥대는 사람이 있을 것입니다. 하지만 저는 열심히 일하는 진정한 예술가들은 인정받고 보호받아야 한다고 생각합니다.

조각가 로댕이 제자인 부르델, 데스피오와 함께 샹젤리제 거리의 작은 레스토랑에서 점심을 먹고 있었습니다. 창밖에는 신록의 마로니에가 산들바람에 살랑살랑 흔들리고 있었습니다. 연거푸 와인을 마시다 보니 어느새 식탁에 놓인 음식 접시의 바닥이 드러났습니다. 그때 늘 명랑하고 쾌활하던 데스피오가 부르델 앞으로 빈 접시를 내밀며 말했습니다.

"자네 그릇은 직접 치워. 우리는 다른 사람에게 그릇을 치워달라고 할 자격이 없어. 우리는 예술가니까. 세상에 쓸모없는 인간이니까 말일세……."

그들 스스로 생각하는 것처럼 예술가는 세상으로부터 호의를 받을 만한 가치가 없을까요? 과연 그들은 인류를 위해 어떤 봉사를 하고 있을까요? 이때 로댕이 한 말은, 시대나 상황이 다른 경우이기는 하지만 우리에게도 여러 가지 생각을 하게 합니다.

"우리 시대에 가장 부족한 것은 자신의 직업에 대한 애정이라고 생각하네. 많은 사람들이 자신의 일을 마지못해 겨우겨우 해낼 뿐이야. 따라서 일을 소홀히 하게 되지. 상류 계급에서 하류 계급에 이르기까지 모든 계급이 마찬가지야. 정치가는 오로지 돈에 눈이 멀어 자기 이익 챙기기에 급급해. 옛날의 위대한 정치가들이 국가의 크고 작은 문제를 치밀하게 이해하고 멋지게 해결하며 느끼던 보람과 만족감을 몰라. 사업가는 어떤가. 자기 상표의 명예를 지키려고 하기보다 그저 조잡한 물품을 만들어 가능한 한 많은 돈을 벌려고만 하지. 또 노동자는 어떤 구실을 붙여서든 고용주에 대한 적대감을 품고 일을 대충대충 처리하고. 정말이지 요즘 사람들은 일한다는 것을 저주스러운 것, 싫지만 어쩔 수 없이 해야 하는 노역으로 생각해. 하지만 일하는 것이야말로 우리가 생존해야 하는 이유, 그리고 우리의 명예라고 봐야 해. (약간 길지만, 로댕의 말을 조금만 더 이어서 싣겠습니다.) 일하는 것을 싫어하는 건 어느 시대나 마찬가지라고 생각해서는 안 돼. 혁명 이전의 구체제 시대부터 지금까지 남아 있는 물건의 대부분, 즉 가구, 도구, 직물 등에는 그것을 만든 사람의 위대한 직업정신이 담겨 있지. 사람은 누구나 열심히 일하고 싶을 때도 있고 일하기 고통스러울 때도 있지. 어떨 때는 좋은 마음으로 열심히 일하다가도 또 어떨 때는 짜증 내며 게으름을 피우기도 하거든. 하지만 대부분의 사람들은 일하는 것 자체를 그리 달가워하지 않아."

계속해서 이어지는 말은 특히 더 생각해볼 만합니다.

"만약 일한다는 것이 인간의 생존의 대가가 아닌 인간이 살아가는 목적이라면 지금보다 한층 더 행복할 텐데."

즉 '살기 위해서 일한다' 혹은 '빵을 얻으려고 일한다'는 생각을 버리고, 살아 있는 한 삶의 목적이 일하는 것이라고 생각하라는 뜻입니다. 그러면 사리사욕에 사로잡히지도 않고 자금 문제로 곤경에 처하지도 않으며 모두 행복해질 것이라는 이야기입니다. 이처럼 보수를 따지지 않고 일하는 것 자체를 인생의 목적으로 여길 때 일하면서 진정으로 즐거워할 수 있습니다. 로댕의 말을 무조건 받아들여 좌우명으로까지 삼을 필요는 없지만 일할 때의 마음가짐에 대해 조금이나마 생각해볼 필요는 있을 것입니다.

예전에 스미다 강(도쿄의 대표적인 강-옮긴이)에 료고쿠 다리를 놓을 때 한 목수가 그 다리의 동쪽 끝에서 서쪽 끝까지 쓰일 널빤지를 한 번도 허리를 펴지 않고 톱으로 잘랐다는 이야기를 책에서 읽은 적이 있습니다. 목수라는 직업에는 지금도 장인 정신이 남아 있기는 하지만 그런 마음은 돈만 바라보고 일하는 사람은 평생 꿈꿀 수 없는 일일 것입니다.

논다는
것에 대하여

저는 얼마 전부터 현대인을 유혹하는 것에는 어떤 것이 있는지 생각해보고 있습니다. 돈, 명예 같은 것은 어느 시대에나 공통되는 것이겠지만, 저는 그보다 조금 더 구체적인 것을 끄집어내고 싶었습니다. 예를 들면 경마, 도박, 댄스홀, 재즈 같은 것이 있겠지요. 이러한 유혹은 일반적으로 '놀이'라고 하는 것과 이어지는 경우가 많습니다.

하지만 놀이의 내용이나 그 한계를 생각해본다면 그것은 꽤 복잡한 문제를 함축하고 있습니다. 놀이란 가벼운 마음으로 평상시 업무의 피로를 푸는 정도의 것이지만, 노느라

기진맥진해질 때도 있고 평상시 업무 강도보다 훨씬 힘든 놀이를 추구하는 사람도 있습니다.

어떻게 생각하면 놀기 위해 돈을 버는 것인지도 모릅니다. 때로는 놀면서 큰돈을 버는 사람도 있겠지만 대부분은 번 돈을 쓰면서 놉니다. 저는 돈을 많이 쓰지 않으면 놀았다는 기분이 들지 않는다는 것이 현대의 놀이를 특징짓는 하나의 경향이라고 생각합니다. 다시 말해 현대에는 유흥 시설을 짓는 데 예전보다 많은 돈이 들어가기 때문에 그 유흥 시설을 이용하려는 사람도 그만큼의 돈을 지불해야 합니다. 그래서 많은 사람이 돈을 마구 사용할수록 즐겁다는 사고방식을 갖게 되었는지도 모릅니다. 돈이 없으면 아무 데도 갈 수 없다고 생각하고 휴일에 집에만 틀어박혀 따분하게 보내는 사람이 의외로 많은 것 같습니다.

조금 유별난 행복론을 주장한 버트런트 러셀이 쓴 《행복의 정복》 첫머리에 "주말에 번화한 길모퉁이에서 그곳을 지나는 사람들의 얼굴을 보라"라고 쓰여 있습니다. 모두 행복해지려고 주말에 밖으로 나오는데 그 얼굴은 조금도 행복해 보이지 않습니다. 분명히 돈은 없는 것보다야 있는 것이 낫지만 돈을 진정으로 즐겁게 쓰기란 매우 어렵습니다.

안타깝게도 많은 유흥 시설이 도박으로 이어집니다. 도박을 하는 사람은 게임에 열중하는 상태를 즐기는지도 모릅니다. 하지만 그보다는 돈을 따야겠다는 일념이 더 크다는 사실을 무시할 수 없는 노릇입니다. 아마도 그런 욕심 때문에 도박 사업이 성황을 이루는 것이겠지요.

그런데 논다는 것을 돈을 쓰거나 도박을 하는 것으로만 한정 짓는다면 안타까운 일입니다. 논다는 것에서 가장 중요한 요소는 앞에서 잠깐 언급한 '열중하는 상태'입니다. 해야 하는 일이나 필요에 쫓겨서 하는 일과는 달리 자기 뜻대로 자유롭게 빠져들고 도취할 수 있는 것에 놀이의 본질이 있습니다. 필요에 쫓겨 하는 일이라도 처음에는 마지못해 시작했다가 점차 그것에 열중하게 되는 경우도 얼마든지 있습니다. 그런 열정이 없다면 꾸준히 일을 해낼 수 없겠지요. 놀이 안에 숨어 있는 열정과 도취는 극도의 스트레스로 경직되어 있는 어깨의 힘을 빼주어 긴장을 풀어주는 힘이 있습니다. 그것이 놀이의 매력이라고 생각합니다.

한 달 전쯤의 일입니다. 저는 어느 당파에 속한 정치가의 집을 방문했습니다. 친구에게서 부탁받은 일이 있어서 상담을 하러 간 것이었습니다. 이 정치가는 아주 허름한 집에서 살고 있었습니다. 허름하다고 말하면 실례가 될지도 모르지만, 집이 한쪽으로 기울어져 있다는 사실은 집 안에 들어가서 문짝만 봐도 금방 알 수 있었습니다. 그 집에 사는 정치가의 가족은 기울어진 집과는 전혀 다르게 기품이 있었고, 검소하다고 말하기도 과분할 지경이었습니다. 제가 그 사람을 존경한다고 하면 약간 과장일지도 모르지만, 적어도 이런 집에 사는 것을 아무렇지도 않게 생각하는 정치가가 조금이라도 더 늘어났으면 좋겠다는 생각을 했습니다.

제가 그 정치가의 집을 방문했을 때는 집 안이 장난감으로 뒤죽박죽이었습니다.

"사위가 갑자기 지방에서 도쿄로 전근을 오게 돼서 딸아이 가족과 같이 사는데, 손자들이 장난감을 이렇게 벌여놓았네요. 아직 풀지 못한 짐도 많고⋯⋯. 누추하지만 들어오세요."

백발이 흑발보다 훨씬 많은 그 정치가는 방석을 톡톡 두드려 바닥에 놓고는 저를 툇마루 끝에서 정원 쪽을 향하게 앉혔습니다. 이른바 상석을 내준 것입니다.

그는 마침 점토 공예를 하고 있었나 봅니다. 미술 전집을 두세 권 꺼내서 비너스나 다비드 상을 만들고 있었습니다. "뭘 만들고 계셨어요?"라고 물었더니, 초등학교 4학년인 손자가 근처 문방구에서 사 왔다가 잘 만들지 못해서 그대로 놔둔 점토로 여러 가지를 만들어보고 있는 참이었다고 했습니다. 그때 그의 부인이 옆에서 "손자가 사 온 점토를 뺏어서 어젯밤부터 이런 걸 만들고 있어요. 질리지도 않나 보네요. 오늘 아침에 일어나자마자 또 점토를 사러 나갔다 왔지 뭐예요"라고 말하는 것이었습니다. 응접실의 찻장 선반을 보니 그의 작품이 잔뜩 늘어서 있었습니다. 토우와 같은 인형, 비너스와 다비드 상, 베토벤의 작은 초상 등 꽤 괜찮은 솜씨였습니다. 따뜻한 햇볕에 놋쇠 창틀이 뜨겁게 달궈지고 있는 툇마루에서 정치가는 제 질문에 대답하면서도 즐거운 듯이 점토를 만지작거렸습니다.

이 사람은 가끔 이런 취미를 즐긴다고 합니다. 어떨 때는 하이쿠(일본 전통의 정형시-옮긴이)를 부탁받아 한 수 짓기도 하는데 가끔은 하룻밤 사이에 백 수 이상 짓는다고도 합니다. 또한 시집간 딸이 어렸을 때 졸라서 사준 유화 도구를 꺼내 그림을 그리기도 하고요. 그런 식으로 어쩌다 생각지도 못한 놀이에 빠진다고 합니다.

저는 그가 책상다리를 하고 낡은 기둥에 기대 앉아 입을 비쭉 내밀고 점토를 만지작거리는 모습이 지금도 눈에 선합니다. 그렇게 열중하는 자세, 울퉁불퉁한 손으로 쥔 점토에 온 신경을 집중하는 자세에서는 예술가의 풍취마저 느껴졌습니다. 저는 이런 사람이야말로 잘 노는 사람이라고 생각합니다.

자신의 일이 놀이에 심취하는 상태와 완전히 일치되는 사람이 있다면 그는 행복한 사람이겠지요. 자신이 좋아하는 일을 하면서 생계를 이을 수 있으니까요. 그런데 아무리 좋아하는 일을 한다고 해도 그것이 일상 업무가 되면 어느새 꼭 해야만 하는 의무로 바뀌기 때문에 좋아하는 일도 고통이 되어버리기 마련입니다. 그래서 업무를 일단락했을 때 잠시 기분을 전환하기 위해 반드시 무언가 다른 일이 하고 싶어지는 법입니다.

저는 싫어하는 일이나 업무를 하느라고 쌓인 피로를 풀려면 취미를 갖는 것이 중요하다고 생각합니다. 그런데 요즘에는 돈을 많이 들일수록 고상한 취미라고 생각하는 경향이 있습니다. 하지만 절대 그렇지 않습니다.

인간은 놀면서 인간으로서 부족한 점을 보완할 수 있다고 생각합니다. 사회의 다양한 조직, 기구, 제도가 점점 복잡해지고 어떤 부분은 기계의 움직임과 별반 다르지 않게 되었습니다. 그런 상황에서 일을 해야만 하는 우리는 기계의 나사못이 되어버려서는 안 됩니다. 36.5도의 체온을 지닌 인간이라면 기계가 아니라 인간으로서 살아갈 보완책을 몸에 익힐 필요가 있습니다.

그런 부분을 방해하는 사회제도를 원망해봤자 소용없기 때문에 그에 의연하게 대처하려면 각자 즐길 수 있는 놀이를 익히면서 인간 본연의 모습으로 돌아가려는 방책을 고민하는 편이 낫지 않을까 싶습니다.

모방한다는
것에 대하여

요즘의 미술교육은 초등학교에서나 중학교에서나 꽤 많이 달라졌다고 생각합니다. 제가 어렸을 때는 정물화를 그릴 때 대개는 견본이 되는 그림을 보고 도화지에 베끼듯 그리는 방식이었습니다. 풍경화도 마찬가지였습니다. 풍경화의 견본은 앞부분에 소나무 숲이 있고 작은 강이 흐르며 뒷부분에는 산이 있는 전형적인 풍경이었습니다. 온천의 욕탕 벽에 그려진 그림을 연상시키는 흔한 풍경화이지요. 미술 시간이면 그런 그림을 정성스럽게 도화지에 그리곤 했습니다. 견본 그림과 닮을수록 잘 그렸다고 평가받아 높은 점수를 받았습니다. 이는 붓글씨 배우기와 완전히 똑같은 방식입니다.

유리창에 견본 그림과 도화지를 겹쳐서 대고 베껴 그리면 테두리만 약간 다르게 해서 거의 똑같은 그림을 그려낼 수 있었습니다. 하지만 그렇게 해서는 안 된다는 것이 그때의 상식이었습니다. 그것은 부정행위와 다름없었기 때문이지요. 그대로 따라 그리라 해놓고는 유리창을 이용하는 정도의 매우 원시적인, 레오나르도 다빈치가 봤다면 배꼽 잡을 만한 유치한 지혜를 짜내면 그것이 곧 부정행위가 되었습니다. 당시에 교무실을 들여다보면 미술 선생님이 학생들이 제출한 그림과 견본 그림을 겹쳐서 살펴보기 일쑤였습니다.

이런 교육 방법이 요즘 사람들 눈에는 좀 바보 같아 보일 수도 있겠지만 저는 그런 식으로 그림 연습을 한 것이 도움이 되었다고 생각합니다. 붓글씨 연습과 마찬가지로 혼자서 자유롭게 그릴 수 있을 때까지는 어느 정도 시간을 들여 집중해서 베껴 그리는 것도 하나의 방법일 수 있습니다. 그 순간만큼은 차분히 그림에 집중할 수 있었습니다. 다른 일은 다 잊어버리고 오로지 견본 그림의 특징을 관찰하며 모방하려고 애썼던 것 같습니다.

이제 와서 드는 생각이지만 견본 그림을 모방하는 것, 가능한 한 견본과 똑같이 그리는 것이 얼마나 어려운 일인지 깨닫게 되었습니다. 반면에 그런 일을 항상 해야 한다는 것이 왠지 지루하게도 느껴졌습니다. 아무리 잘 그렸어도 그것은 남의 그림을 흉내 낸 것에 불과하기 때문입니다.

견본 그림을 베껴 그리는 것과는 약간 다를지도 모르지만, 최근에 이런 일이 있었습니다. 전부터 알던 사람이 갑자기 수필을 써보고 싶다고 했습니다. 저는 물론 반대하지 않았고 오히려 매우 좋은 일이라고 생각했습니다. 얼마 후에 그를 만났을 때 어떤 글을 썼는지 물어봤더니 그는 두 편 정도 썼다며 보여주었습니다. 글을 보여주면서 그는 이렇게 말했습니다.

"저는 무로우 사이세이(일본의 시인이자 소설가-옮긴이)를 예전부터 정말 좋아했는데, 그래서 그런지 저만의 글을 못 쓰겠어요. 무의식중에 그를 모방하게 되거든요. 지금 제가 보여드린 수필도 사실 제 글이라고 할 수 없어요."

그런데 저는 이게 잘못된 행동인지 잘 모르겠습니다. 저는 "무언가 쓰고 싶은데 어떻게 하면 좋을까요?"라는 질문을 자주 받습니다. 그 사람이 글쓰기에 특출한 재능이 있다면 별문제가 아니겠지만, 노력해서 자신의 글을 잘 쓰고 싶다면 남의 글을 모방하는 일부터 시작하는 게 가장 좋은 방법이라고 생각합니다. 누구를 모방할지는 따로 고민해볼 문제이지만 무의식중에 모방하게 되는 작가가 있다면 적극적으로 모방해보는 것도 좋지 않을까 싶습니다. 대체 어디까지 모방할 수 있을지 시도해보는 것도 나쁘지 않습니다.

이는 그림이나 글에만 한정된 이야기가 아닙니다. 인생의 온갖 사항에 통용되는 이야기입니다. 다시 말하면 모든 것이 모방에서부터 시작합니다. 조금이라도 비슷하게 따라해보는 것과 흉내 내는 것에서부터 모든 것이 시작되는 셈입니다. 인간이 태어나서 본능적으로 행동하는 것과는 별개로, 어린아이는 자기보다 한두 살 많은 아이가 나무에 오르는 모습을 보면 자신도 저렇게 나무에 오를 수 있다고 생각합니다. 그때부터 어떻게든 나무에 오르려고 하다 보면, 다른 아이가 나무에 오를 때 손을 어떻게 사용하는지, 발을 어떻게 디디는지, 힘을 어디에 어떻게 싣는지 유심히 관찰하게 되고 기회가 있을 때마다 시도하게 됩니다. 시도하자마자 금방 나무에 오르는 아이도 있겠지만 대개는 쉽사리 오르지 못합니다. 그래서 스스로 요령을 터득할 때까지 계속 흉내를 내게 됩니다.

흉내를 내기 전에 '저런 식으로 나도 나무에 오를 수 있다'는 생각이 반드시 앞서야 합니다. 동경이나 부러움 같은 감정이 우선해야 하는 것입니다. 동경이나 부러움은 자신이 지닌 능력의 한계나 주변 조건의 한계를 훨씬 뛰어넘어 도저히 손이 닿지 않을 것만 같은 대상에 대해서도 욕심을 품게 만듭니다. 한계를 뛰어넘으면서까지 흉내 내고 싶은 마음 때문에, 황소보다 더 커지고 싶다는 일념으로 배를 부풀리다가 터져 죽어버린 일본의 민담 속 개구리처럼 인간도 똑같은 실수를 저지를 수 있습니다. 동경과 부러움은 아주 단순한 감정인데도, 그 어리석은 측면을 충분히 알면서도 빠져버리는 함정이기도 합니다. 특히 인간은 다소 과장하기를 좋아해서 무리해서라도 집을 넓히거나, 화려한 옷을 입거나, 과하게 치장하는 등 그야말로 어리석으면서도 고달프게 살아가는 경우가 많습니다.

인간은 남과 다른 것을 싫어하는 감정과, 남과 어딘가 다르지 않으면 만족하지 못하는 감정이 뒤섞여 있습니다. 대체로 어렸을 때는 남과 다르게 행동하기를 꺼립니다. 자신이 다른 아이들보다 더 고급스러운 옷을 입어도 오히려 창피해서 그 옷을 얼른 벗어 던지고 싶기 마련입니다.

그런 반면에 교복을 입어야 하는 여학생 가운데는 거의 눈에 띄지 않는 부분에 주름을 넣는다거나, 허리를 줄이고 가슴을 약간 키우는 등 남과 다른 교복을 만들어 입으려고도 합니다. 다 똑같아 보이는 교복에도 미세하게나마 유행이 있는 셈입니다.

끊임없이 새로운 유행이 생겨나는 것은 남과 똑같은 게 싫은 마음과 자신만 유행에 뒤처지면 안 된다는 생각이 미묘하게 얽혀 있기 때문인 듯 보입니다. 복장의 유행은 대부분 표면적인 것이며 시간이 흐르면서 변천을 거듭하지만, 제가 모방해도 좋다고 이야기하는 것은 가벼운 유행보다는 조금 더 깊은 의미를 지닙니다. 다시 말해 모방을 하다가 더 이상 모방할 수 없는 지경에 이르면 마침내 스스로 창조하는 힘과 마주하게 됩니다.

누구나 처음에는 자신에게 독창성이 없다고 생각하기 마련입니다. 하지만 무언가 한 가지 활동을 우직하게 해나가다 보면 반드시 자신만의 독특한 역량을 발견하게 됩니다. 그러므로 모방하는 것은 하나의 수단입니다. 아니, 수단이라기보다는 우리를 움직이는 원동력이라고 할 수 있습니다. 따라서 제대로 모방한 것에 만족하고 끝내서는 아무것도 얻을 수 없습니다.

저는 사람에 따라 모방하는 실력에 차이가 있다고 생각합니다. 느닷없이 큰돈을 손에 넣었을 경우 어떤 사람은 그때까지 막연히 꿈꾸던 생활을 하겠다며 돈을 펑펑 쓰겠지요. 아마도 부자들이 갖고 있을 법한 비싸고 고급스러운 물건을 사 모을 것입니다. 하지만 부자를 흉내 낸다고 진정한 부자가 되는 것은 아닙니다. 모방을 제대로 하려면 그보다 조금 더 신중한 태도가 필요합니다. 모방해도 그것을 자신의 것으로 충분히 소화할 수 없다면 의미가 없습니다. 소화할 수 있는 것만 순서대로 골라 심신이 즐겁고 발전이 느껴지도록 하는 것이 제대로 모방하는 것입니다.

우리 사회도 아무 생각 없이 외국의 생활양식을 모방하는 경향이 있습니다. 모방한 후에 자신의 것으로 소화해야 하는데 그냥 흐지부지되거나 우리 사회에 맞지 않는 어색한 문화가 된 채 남아 있는 경우가 많습니다. 우리 사회에서 그토록 많은 사람들이 중요하게 여기는 독창성이 탄생하지 못하는 이유는 모방 실력이 부족하기 때문일지도 모릅니다.

만든다는
것에 대하여

어느 봄날 저녁, 높은 건물 옥상에 올라가 해가 지는 모습을 바라보았습니다. 새하얀 붉은부리갈매기가 저녁노을이 지고 있는 하늘을 날고 있었고 봄인데도 제법 서늘한 바람이 부는 저녁이었습니다. 태양은 도시 위에 부드럽게 퍼지는 연자줏빛 아지랑이 너머에서 번득였고 점점 붉은빛을 더해가며 수평선 아래로 지고 있었습니다.

당시 그 건물 가까이에 더 높은 건물을 짓고 있었습니다. 기중기로 철골을 들어 올리거나 리벳을 두드리는 소리가 매우 소란스럽게 들렸습니다. 일몰을 느긋하게 감상하려고 했던 저는 그 소음 때문에 그만 일순간에 마음이 흐트러졌습니다. 마음속에서 무언가 부서지는 듯한 느낌이었습니다. 그리고 이 도시의 상징인 붉은부리갈매기가 지금보다 조용하게, 어쩌면 더욱 안락하게 생활하던 과거에 대한 그리움이 솟아났습니다.

그러다 철골을 세차게 두드리는 소리, 콘크리트를 흘려넣는 소리에 이끌려 저도 모르는 사이에 열심히 공사 현장을 지켜보게 되었습니다. 임시로 만들어놓은 발판 위를 걸어 다니는 인부들이 붉은 석양 아래서 움직이는 모습이 마치 개미처럼 작아 보였습니다. 그러다 그들이 고층 건물을 짓고 있다는 사실을 떠올리니 단지 개미처럼 작아 보인다는 한마디로는 부족한 어떤 감동이 몰려 왔습니다.

공사장에는 한 사람의 힘으로는 도저히 움직일 수 없는 물건뿐입니다. 인간은 그 커다란 건축물을 짓기 위해 계획을 세워 그에 맞는 질서를 만들고, 기계를 사용해 설계도에 맞게 건물을 올려나갑니다. 호루라기를 불고, 깃발로 신호를 보내고, 기중기로 무거운 짐을 옮긴 결과 드디어 그곳에 훌륭한 건축물이 완공됩니다.

새로 지은 건물은 백화점이 되었더군요. 공사가 끝나자마자 인부들은 사라지고 물건을 사기 위한 사람들이 백화점을 찾았습니다. 화려하게 장식된 백화점 안에는 수많은 상품이 손님들을 기다리고 있습니다. 물건을 사는 사람도 그저 구경만 하는 사람도 건물을 짓고 상품을 만든 사람의 심정에는 관심이 없습니다. 자신에게 필요한 물건이 무엇인지 혹은 자기에게 어울리는 상품이 무엇인지 생각할 뿐입니다.

인간의 행위 중에서 무언가를 만든다는 것은 매우 큰 비중을 차지합니다. 우리가 일을 한다는 것은 사실 대부분이 무언가를 만들어내는 일입니다. 그리고 '만든다'는 것에도 여러 종류가 있어서 건축물을 짓는 일, 다리를 놓는 일, 운하를 만드는 일, 철도를 놓는 일, 터널을 뚫는 일 등 평소에 늘 지나치면서도 누가 만들었는지 좀처럼 신경 쓰지 않는 일도 많습니다. 만드는 과정을 안다면 경탄을 금치 못할 만큼 위대한 건축물이 주변에 널려 있지요. 건축물이 지어진 배경에는 인간의 지력, 의지의 힘, 때로는 만든이의 특별한 감정이 숨어 있는 경우도 있습니다. 아주 오래전에 지은 절이나 교회에 들어가면 신앙심이 없는 사람도 경건한 마음이 됩니다. 벽이나 천장, 제단에 놓인 꽃에서 풍기는 기묘한 분위기에 끌려듭니다.

인간은 매일같이 무언가를 만듭니다. 열흘, 한 달, 심지어 몇 년에 걸쳐 조금씩 완성해나가는 경우도 있습니다. 아이가 보채면 구슬을 실에 꿰어 반지를 만들어주기도 합니다. 과자를 만들고, 옷을 만들고, 선반을 만들어 벽에 달고, 헝겊을 잘라 먼지떨이를 만들고……. 생각해내려면 끝이 없습니다. 또 애인을 사귀기도 하고 아이를 낳기도 하지요. 애인과 아이는 물건을 만드는 것과 또 다른 차원의 창조입니다. 이 모든 것을 포함해서 무언가를 만들 때 과연 우리는 무엇을 바라는 걸까요?

첫째, 만든 것이 그 자체로 도움이 되어야 합니다. 선반은 그 위에 무언가를 올려놓는다는 전제로 만들기 때문에 벽에서 쉽사리 떨어져서는 안 됩니다. 모양만 선반처럼 만든다고 해서 선반이 되는 것은 아닌 셈이지요. 옷도 몸에 맞지 않으면 옷이라고 할 수 없습니다. 어떤 물건이 아무 데도 도움이 되지 않는다면 실패한 물건, 미완성품이라고 부릅니다. 바람직한 물건은 되도록이면 오랫동안 도움이 되는 물건입니다.

축제 때 공연을 하기 위해 치는 천막은 간편하게 설치하고 해체할 수 있도록 되어 있습니다. 공연을 하는 기간은 3일 정도, 길어도 5일 정도밖에 되지 않기 때문에 굳이 콘크리트 건물을 지을 필요가 없습니다. 공연 날짜가 잡히면 통나무를 연결해서 뚝딱 천막을 세웁니다.

하지만 일반적으로는 오래 활용할 수 있을수록 그 물건의 가치가 높아집니다. 그래서 판매자는 상품이 튼튼하고 오래간다는 사실을 강조합니다. 겉모습은 조금 어설퍼 보이지만 절대 깨지지 않는다거나, 외관은 거칠지만 몇 년 이상 견딜 수 있다거나 하는 식입니다. 겉모습이 어설프거나 거칠다는 사실을 이처럼 일부러 알린다는 것은 역시 이왕이면 아름답고 우아한 물품이 좋다는 인식과 그런 물품을 만들고 싶다는 커다란 바람을 역설적으로 증명하는 듯이 보입니다. 앞서 말한 큰 건물도 백화점이든 감옥이든 창고든 상관없이 그것을 설계하는 일은 허용된 조건 안에서 조금이나마 더 아름다운 건물을 만들 것을 요구받습니다. 즉 건물의 조화를 생각하거나, 벽 색깔을 충분히 고민하거나,

주변 환경과의 조화를 주의 깊게 고려합니다. 아름다운 건물을 만들기 위해서 얼마나 많은 고민이 필요한지 생각하게 됩니다.

그런데 전쟁이 끝난 후 새롭게 지은 건물 중에는, 물론 비용 문제도 있겠지만 왠지 어색한 건물이 많습니다. 건물이라는 것은 크고 작음에 상관없이 쉽게 눈에 띄기 때문에 주변과의 조화를 세심하게 고려해야 합니다. 그러지 않으면 사람들은 조화롭지 못한 건물을 매일같이 보게 되고 은연중에 그에 익숙해져 진정한 아름다움을 잊어버리게 될 우려도 있습니다.

무언가를 만들 때 그것이 생활에 도움이 되기를, 영원하지는 않더라도 덧없이 끝나지는 않을 만큼 튼튼하기를, 그리고 그것에서 아름다움을 발견하기를 바랍니다. 물론 일상생활 속에서 그 바람이 모두 이루어질 수는 없습니다. 오히려 만드는 사람조차도 그 물건이 어디에 도움이 되는지 전혀 생각하지 않는 경우도 꽤 많을 것입니다. 그저 손으로 무엇을 만든다는 즐거움을 느끼기 위해 인형을 만들고, 그림을 그리고, 꽃을 만들기도 합니다.

제가 자주 산책하는 길을 걷다 보면 젊은 아낙이 작업 바지를 입고 열심히 꽃밭을 가꾸는 모습을 담장 너머로 자주 볼 수 있습니다. 꽃밭에 피어 있는 꽃이 아름답다고 생각하는 동시에 그 꽃을 정성 들여 가꾸는 사람 역시 아름답다고 생각합니다. 꼭 젊은 아낙이 아니더라도, 행여 그 사람이 남성이라도 제 생각에는 변함이 없을 것입니다.

꽃을 가꾸는 일뿐 아니라 목공 도구를 이용해 널빤지로 지은 담장을 정성 들여 수리하고 청소하는 모습(방부제를 뿌리면 간단히 해결할 수 있겠지만 그렇게 하지 않고)을 통해 인간 본래의 모습으로 돌아가려는 마음을 엿볼 수 있습니다. 그것이 필요에 쫓겨 하는 경우든 아니든 상관없이 말입니다.

현대인은 사회생활은 물론 가정생활에서도 인간 본래의 느긋한 생활에서 점점 멀어지는 것 같습니다. 기계화되고 산업화된다는 것은 합리적으로 바뀌는 것일 수도 있지만 기계화로 인해 불안감, 뭐라 표현해야 좋을지 모를 숨 막힘을 느끼기도 합니다. 이런 변화에 어느 정도는 순응해야겠지만 때로는 심호흡을 하고 기지개를 켜서 몸과 마음의 뭉친 근육을 풀어줄 필요도 있습니다.

우리 주변에는 사람들이 이용하기만을 기다리고 있는 물건이 잔뜩 있습니다. 시간을 내어 손과 몸을 움직여서 어떤 재료를 조합해 만들 것인지, 그리고 그것을 어떻게 아름답게, 이른바 예술적으로 만들 것인지 집중하면서 인간 본연의 모습을 되찾으려는 노력을 했으면 좋겠습니다.

웃음에
대하여

　몰리에르는 17세기에 수많은 희곡을 쓴 프랑스의 희극 작가입니다. 본명은 장 바티스트 포클랭Jean Baptiste Poquelin 입니다.

　그가 쓴 희곡 중에 《상상병 환자》라는 작품이 있습니다. 주인공 아르강은 의학적으로 몸에 아무런 이상이 없는데 자신이 병에 걸렸다고 믿고 있습니다. 죽음에 대한 두려움 때문에 그는 늘 의사들에게 둘러싸여 지냅니다. 실제로 건강한데도 병에 걸렸다고 느끼는 만큼 이것이 심각한 정신병인지도 모릅니다. 이 경우에는 어떤 의사가 치료해야 할까요? 의외로 돌팔이 의사가 아르강의 신뢰를 얻을 수도 있을 것 같기도 하고, 아무리 훌륭한 명의라도 그를 치료하는 데 애를 먹을 것 같기도 합니다.

아르강과 같은 질환에 특별한 관심이 없다면 대부분의 의사는 치료를 포기하고 말 것입니다. 그 당시에는 청진기가 없었기 때문에 아마도 환자의 가슴에 귀를 대고 고개를 갸웃거리며 진찰했을 것입니다. 그리고 의사로서의 인도적 정신을 발휘해서 열심히 진찰해본들 "제가 판단하기에는 아무 데도 이상이 없는 것 같습니다만……" 하고 솔직하게 말할 수밖에 없었을 것입니다. 이 한마디로 의사는 아르강에게 신뢰를 잃게 될 것입니다. 오히려 아르강 같은 환자는 그의 상상 속에 슬며시 들어가 무형의 청진기를 가져다 대고 심리적인 진찰을 하는 편이 나을 것입니다.

아르강은 매우 딱한 사람입니다. 상상병이라는 고약한 병에 걸린 데다 사람들이 비웃을 만큼 고집이 셉니다. 그의 집에는 투아네트라는 하녀가 있는데 그녀는 아르강 옆에서 모든 것을 안다는 듯이 "두건을 귀밑까지 덮어쓰세요. 귀로 바람이 들어가면 금방 감기에 걸리니까요"라고 말합니다. 또한 아주 짓궂은 면도 있어서 "걸음걸이도, 주무시는 것도,

음식을 드시는 것도 보통 사람과 전혀 차이가 없는데, 정말 밉상이시네요"라고 서슴없이 말합니다. 이 말에 천하의 아르강도 꿀 먹은 벙어리가 되어 아무런 대꾸도 못 합니다.

투아네트는 왈가닥이지만 당당한 여성이기도 합니다. 어떤 명의라도 그런 점에서는 그녀의 발끝도 따라가지 못합니다. 어차피 연극이지만 적어도 연극 속 그녀의 인생은 분명히 즐거울 것입니다. 복잡하고 미묘한 성격의 아르강을 잘 다루는 투아네트 덕분에 마침내 그 병의 기묘함이 증명되기도 합니다. 그런데 돈을 버는 사람은 병을 증명한 투아네트가 아닌 의사와 약사입니다. 그들이 써준 처방전에는 어려운 약 이름이 줄줄이 적혀 있었습니다.

아르강과 같은 병을 앓는 사람이 몰리에르 시대, 즉 17세기 프랑스 파리에만 존재했던 것은 아닙니다. 주변을 살펴보면 그와 같은 병을 앓고 있는 환자가 우리 가까이에도 많다는 사실을 깨닫게 됩니다. 그렇기 때문에 아르강을 그저 비웃고 넘어갈 수만은 없습니다. 제 자신도 혹시 그 병을 앓고 있지 않은지 걱정됩니다.

베르그송은 철학자, 심리학자, 사회학자로 몰리에르가 죽음을 웃음으로 희화화한 것을 상세히 분석해 웃음에 관한 연구의 주재료로 삼았습니다. 그는 "생명을 가진 인간이 기계처럼 경직되어 행동할 때 웃음이 나온다", "인간은 인간을 대할 때만 웃는 존재이다", "웃길 때의 부조리란 꿈속의 부조리와 동일해서 비논리적이다", "웃음은 감성의 산물이 아니라 지성의 작용이다"라고 이야기했습니다.

그리고 방금 말한 《상상병 환자》의 한 장면을 인용해 '말의 반복'에 대해서도 상세히 분석했습니다. 이 작품에서 의사 퓌르공은 자신이 내린 처방을 아르강이 제대로 이행하지 않는다는 사실을 알고 나서 그가 걸릴 수 있는 온갖 질병을 늘어놓으며 위협합니다. 아르강이 화가 나서 의자에서 일어서면 퓌르공은 모습을 감추었다가 마치 스프링에 떠밀린 듯 다시 무대로 돌아와 새로운 저주를 퍼붓습니다. 그때마다 아르강은 눈썹을 찌푸리며 동일한 톤으로 "퓌르공 선생!"을 반복해서 부릅니다. 이 외침은 마치 리듬을 타는 것처럼 들려 웃음을 유발합니다. 베르그송은 이 점을 예로 들어 연극에서 어떤 용어를 되풀이해 말할 때 희극적 효과가 극대화된다고 분석하고 "연극에서 말의 반복이 낳는 희극적 효과에는 두 가지 법칙이 작용한다. 하나는 용수철을 최대한 억누를 때와 같은 감정이고 다른 하나는 그 감정을 또다시 억누르는 것을 즐기려는 것이다"라고 말했습니다.

의사 퓌르공이 스프링에 떠밀린 듯 다시 무대로 돌아올 때와 이를 제지하기 위해 아르강이 "퓌르공 선생!"을 반복하는 것을 상상하면 이해가 될 것입니다.

《상상병 환자》는 작가이자 배우인 몰리에르가 병이 깊을 대로 깊어져 죽음을 목전에 두고 공연한 작품입니다. 그는 안타깝게도 무대에서 이 작품을 연기하다가 피를 토하고 죽었습니다. 베르그송은 몰리에르의 대사가 주는 웃음이 상자를 열 때마다 용수철 인형이 튀어나오는 깜짝 상자 같다고 했습니다. 개인의 의지와 상관없이 반복되고 기계적이라는 의미이지요. 몰리에르의 연극을 본 사람이라면 아마도 베르그송이 발견한 이 법칙에 공감할 것입니다.

한편 몰리에르의 연극이나 희곡을 접한 사람 중에는 아르강이나 퓌르공에게 공감하는 이가 분명히 있을 것입니다. 몰리에르의 수많은 희곡에 등장하는 다양한 인물을 세심히 살펴보면 그중 분명 자신과 닮은 캐릭터가 있을 것입니다. 이처럼 우리는 정신세계나 성격이 자신과 비슷한 인물을 종종 만나게 됩니다. 그것은 자신의 얼굴과 쏙 빼닮은 조각상 앞에 서 있는 것과 마찬가지입니다.

인간은 외부 상황에 마음을 빼앗기는 와중에도 자기 자신에 대한 관심은 끊임없이 작동하는 듯합니다. 둔하게 작동하는 사람도 불행하고 필요 이상으로 예민하게 작동하는 사람 또한 불행합니다. 두 경우 모두 일종의 자기 방어이기 때문이지요.

자신의 코끝에 먹물이 묻어 있지는 않았었는지 하는 걱정에서부터 자신의 내부 깊은 곳에 남을 비웃는 비틀린 마음이 생기지는 않았는지 하는 우려까지 자신에 대한 관심은 스스로를 힘들게 합니다.

손거울을 가지고 다니며 자신의 모습을 항상 살피는 여성들이 있습니다. 그들은 가능하다면 자신의 모습 전체가 비치는 커다란 거울을 가지고 다니고 싶어 할지도 모릅니다. 그래야만 자신의 모습을 정확히 볼 수 있으니까요. 거울에 비친 모습을 눈으로 직접 확인한 후에는 다양한 반응을 보입니다. 자신이 생각했던 것보다 예뻐 보이면 기뻐하지만 기대에 못 미치면 마냥 못마땅해합니다. 이런 경험을 통해 우리는 자신을 조금씩 알아가고 머리로 생각하는 자신과 실제 자신이 어떤 차이가 있는지 느끼며 성숙해집니다.

이런 점에서 몰리에르는 모럴리스트(moralist, 16~18세기에 인간성과 자신의 삶 속에서 합당한 도덕규범을 탐구해 에세이나 격언집 등으로 남긴 프랑스 작가들을 이르는 말-옮긴이)라고 할 수 있습니다. 모럴리스트 중에서도 약간 잔혹한 수법을 사용했다고 볼 수 있지요. 왜냐하면 그의 연극을 보는 관객 가운데, 예를 들어 아르강을 한심하게 바라보며 비웃던 사람 중에는, 어느 순간 극장에서 터져 나오는 웃음소리가 아르강이 아닌 자신을 향하고 있다는 것을 문득 깨닫는 사람이 있을 겁니다. 그다음 순간 그는 어떻게 반응할까요? 이는 저만의 상상입니다만, 잠시 괴로워하다가 다시 관객이 되어웃을 것이라고 생각합니다. 그리고 연극이 끝난 뒤에야 자신이 한심하게 생각하고 비웃은 인물이 자신과 꼭 닮았다는 사실을 깨닫는다면, 많은 사람들의 웃음소리가 뇌리에 더욱 강렬하고 애처롭게 울려 퍼질 것입니다.

일반적으로 기쁠 때, 만족할 때, 우스꽝스러울 때 웃음이 나오며 창피할 때도 헛웃음이 나옵니다. 그런데 홀로 있을 때는 아주 재밌는 일이 생겨도 좀처럼 웃지 않습니다. 혼자서 히죽히죽 웃는 것은 어쩐지 자연스럽지 않기 때문이겠지요. 또한 아무도 없을 때 창피한 일을 겪어도 웃지 않습니다. 예를 들어 사람들이 많이 다니는 길에서 넘어졌을 때는 웃기 전에 우선 주변을 한번 둘러보게 됩니다.

보통은 처음 만난 이와 차를 마시다가 사레가 들리면 얼굴이 새빨개질 수밖에 없고, 사람이 많은 곳에서 넘어지면 결코 웃을 상황이 아닌데도 웃게 됩니다. 일반적으로 웃음은 일종의 긴장 상태가 해소될 때 일어나는데 창피해서 웃는 경우는 반대로 긴장을 풀기 위해 웃는 것으로 보입니다.

이별에
대하여

우리는 날마다 몇 번이고 다양한 이별을 경험합니다. 물론 다음 날 다시 만날 수 있거나 몇 시간 후에 다시 만나기로 약속한 사람과 잠시 헤어지는 경우도 있겠지요. 그러나 이처럼 별것 아닌 헤어짐이라고 생각했던 것이 그대로 영원한 이별이 되어버리는 경우도 있습니다. 그래서인지 인생에서 우리가 경험하는 이별은 쓸쓸함을 수반합니다. 헤어질 때마다 쓸쓸함을 느낀다면 지나친 감상일지도 모릅니다. 그러나 이제 헤어지면 언제 또 만날 수 있을지 모르는 상황에서는 누구나 불안감을 느낍니다. 가까운 사이라면 더욱 그렇겠지요.

프랑스 사람들은 헤어질 때 "Ce n'est pas à Dieu, mais au revoir(아 디외 à Dieu가 아니라 오 르부아르 au revoir다)"라고 말하기도 합니다. '아 디외'나 '오 르부아르' 모두 헤어질 때 하는 인사이지만, '아 디외'는 다시는 만나지 못할 때 하는 작별 인사이고, '오 르부아르'는 또 만날 수 있을 때 하는 인사입니다. 따라서 평소에는 '아 디외'보다 '오 르부아르'라는 인사를 더 많이 합니다.

우리가 경험하는 이별의 모습은 매우 다양합니다. "안녕, 다음에 보자"라고 말하고 헤어지는 경우도 있고, 어느 한쪽은 배웅을 하고 다른 한쪽이 떠나는 경우도 있습니다. 떠나는 사람이 자동차나 기차 혹은 비행기를 이용한다면 서로의 모습이 금방 시야에서 사라지므로 그만큼 이별의 순간도 짧습니다. 그때는 비교적 눈물도 적게 흘릴 것이고 헤어짐의 슬픔도 쉽게 정리될 것입니다.

그런데 항구에서의 이별은 좀 다릅니다. 배는 천천히 항구를 떠나갑니다. 헤어지기가 아쉬워 1초라도 더 서로 부둥켜안게 되도록 배는 천천히 항구를 떠나갑니다. 그러므로 슬픔도 크고 눈물도 많이 흘립니다. 매정하게 뿌리쳐야 하는 이별을 경험할 수밖에 없습니다.

이는 전혀 관계없는 사람이 옆에서 보고 있어도 가슴이 아픈 광경입니다. 〈노자키무라〉(가부키의 한 막-옮긴이)에 등장하는 오소메와 히사마쓰의 이별에도, 중국 시에 자주 나오는 이별에도 배가 등장하는 경우가 많습니다. 꽤 오래전에 우라니혼(일본에서 동해에 접한 지역-옮긴이)의 노토 반도를 홀로 여행한 적이 있습니다. 한적한 어촌에서 하룻밤 묵고 새벽 무렵 해안가에 갔더니 멀리 고기잡이 나가는 커다란 배가 위세 좋게 항구를 떠나고 있었습니다. 그리고 잠시 후 한 여인이 작은 배를 타고 노를 저어 커다란 배를 따라가며 배웅하는 모습이 보였습니다. 그 여인은 고기잡이하러 나가는 이들 중 한 명의 아내로 보였습니다. 남편을 멀리 떠나보내는 아내의 심정이 어땠을지는 자세히 알 수 없지만, 저는 바위 위에 앉아 배웅하는 배와 배웅받는 배의 모습을 한동안 바라봤습니다. 당시 홀로 기나긴 여행을 하던 제 감상이었을지도 모르지만 그 모습을 보는 제 가슴이 묘하게 메어왔습니다. 이윽고 아침 해가 떠오르자 노 젓는 소리가 점점 작아지고 여인이 탄 배는 어느새 제 시야에서 멀어져 바

다 한가운데를 지나고 있었습니다. 그날의 이별 풍경은 기차
나 자동차로 순식간에 이루어지는 헤어짐과 달리 아주 오랫
동안 제 마음에 남아 있습니다.

사람이 평생토록 겪는 헤어짐은 사람과의 헤어짐에 그치
지 않습니다. 애착을 지닌 물건, 특정한 지역이나 공간과 헤
어지는 것에서도 동일한 감정의 동요가 일어납니다. 저희
집 근처에는 얼마 전까지만 해도 잡목림과 사람의 발길이
거의 닿지 않는 초원이 꽤 남아 있었습니다. 그곳에서 저는
식물 이름을 하나하나 알게 되었고, 곤충의 생태를 관찰할
수 있었으며, 작은 새가 날아오기를 기다리기도 했습니다.
하지만 요즘에는 건물을 많이 지어 숲이 사라지고 초원도
개간되고 있습니다. 저의 이런 은밀한 애착을 알 리 없는 인
부들은 무자비하게 숲의 나무를 베어냅니다. 물론 어쩔 수
없는 일이기는 하지만 그곳에서 나무가 사라지고 풀이 깎
여나가는 것이 저에게는 너무 슬픈 일입니다.

이별할 때 수반되는 슬픔을 다들 어떻게 달래는지 살펴
봤더니, 대부분 점차 잊어버림으로써 자연스럽게 치유됐습
니다. 사랑하는 이의 죽음을 받아들이지 못해 때로는 오르

페우스처럼 죽은 아내를 따라 저승 세계로 찾아갈 수도 있겠지만 대부분은 슬픔을 이겨내려고 노력합니다. 그리고 다시 일어설 수 있는 방법을 고민합니다. 이때 망각은 큰 힘이 됩니다. 잊어버린다는 것은 잊히는 입장에서는 비참하겠지만, 잊어버리지 않는다면 우리는 과거를 뒤돌아볼 때마다 그 생생한 감정에 괴로워할 것입니다.

이런 생각을 하다 문득 도미나가 아키오의 《붉은 털 다람쥐》라는 어린이 책이 떠올랐습니다. 다람쥐의 생활을 관찰하는 내용인데 그 가운데 새끼 다람쥐가 매에게 잡혀가는 장면이 있습니다. 당시 14~15세였던 이 책의 저자는 엄마 다람쥐와 새끼 다람쥐가 겪는 이별의 슬픔이 망각으로 치유되는 모습을 다음과 같이 적었습니다.

망각! 그것은 중요한 문제다. 모든 동물은 망각 덕분에 의외로 즐거울 수 있다. 숲의 신은 다람쥐가 슬픔을 이겨내는 데 가장 좋은 방법으로 망각을 선사했다. 그다음 날도 엄마 다람쥐는 틈날 때마다 광장으로 나가 새끼 다람쥐를 그리워했다. 그런 행동을 인간에 비유하면 성묘와 같은 것이다. 그들에게도 죽음은 슬픈 것이다. 다만 한바탕 비가 와서 새끼 다람쥐의 냄새가 사라지면 망각에 의해 슬픔은 종언을 고한다.

엄마 다람쥐는 새끼의 잔향이 떠오를 때마다 슬퍼할 것이다. 동물이 냄새를 맡는다는 것은 결코 인간이 냄새나 향기를 느끼는 것과 다르다. 그것은 인간의 언어로 표현할 수 없는 미묘한 것이다. 더 복잡한, 몸 전체의 신경을 모조리 코로만 집중해서 전신전령으로 자연의 속삭임을 읽어내는 감각법이다.

인간도 이 망각의 은혜를 충분히 누리고 있습니다. 하지만 보통 이별은 갑자기 찾아옵니다. 또한 헤어져야 하는 것을 미리 알고 있더라도 완벽하게 준비한다는 것은 매우 어렵기 때문에 이별의 순간을 맞이하면 당황하게 됩니다. 그리고 이별의 순간까지는 이별을 생각하지 않는 편이 현명하다고 판단할 수도 있습니다. 하지만 저는 이별을 감지했다면 이에 대비하는 것이 현명하다고 생각합니다. 이별의 아픔이 크면 클수록 커다란 상처가 생기고 그 아픔을 치유하는 데 많은 시간이 걸리기 때문입니다. 이별을 준비하지 않으면 극단적인 선택을 할 수도 있습니다. 인간은 슬픔이 극에 달하면 상대방을 위해 자신을 버려도 상관없다고 생각하는 경향이 있습니다. 자신을 포기하면 서로가 완전히 하나가 될 거라는 생각은 달콤한 유혹일 수 있습니다. 그리고 사랑하는 사람에게 자신의 모든 것을 바치는 것이 진정한 사랑의 완성이라고 생각하게 됩니다. 하지만 버트런드 러셀은 "우리가 사랑하는 사람의 행복을 바라는 것은 당연하지만 자신의 행복을 포기하면서까지 남의 행복을 바라서는 안 된다"라고 말했습니다. 마지막에는 자신을 남겨두는 것이 중요합니다. 그런 사람을 자의식이 강하다거나 남에게 헌신하지 못한다고 볼 수도 있겠지만 그것은 잘못된 생각입니다.

'이별도 치유의 한 방법이다'라는 말은 특별한 경우에만 해당합니다. 이별은 항상 슬픕니다. 그렇기 때문에 우리는 이별의 슬픔을 줄일 수 있는 방법을 고민해야 합니다.

사랑에
대하여

고대 그리스 철학자 플라톤의 《대화편》 중 〈향연〉에는 인간의 원래 모습과 그 후에 현재 우리의 모습으로 변한 내용을 흥미롭게 설명한 부분이 있습니다. 잘 알려진 이야기이지만 그 부분을 상세히 짚어보겠습니다.

인간의 모습은 원래 지금과 많이 달랐습니다. 우선 인간에게는 세 가지 성이 있었습니다. 남성과 여성 외에 양성을 모두 지닌 남성-여성이 존재했습니다. 게다가 모든 인간은 손과 발이 각각 네 개, 얼굴이 두 개였지요. 그래서 서로 등을 맞대고 두 개의 얼굴이 서로 다른 방향을 바라보는 형상이었습니다. 즉 당시 인간은 남성-남성, 여성-여성, 남성-여성의 모습을 하고 있었습니다. 세 가지 성은 각각 상징하는 바가 달랐습니다. 남성은 태양의 자손, 여성은 흙의 자손, 양성은 달의 자손이었지요. 바쁠 때면 여덟 개의 팔다리를 사용해서 공중제비를 하며 갈 정도로 빠르고 강했습니다.

당시 인간은 힘과 지혜를 모두 가진 강한 존재였기 때문에 신을 따르지 않고 오히려 신을 공격할 계략을 세웠습니다. 이에 신들도 당황했지요. 올림포스 최고의 신 제우스는 크게 분노하여 인간의 힘을 약하게 만들기 위한 방법을 고민합니다. 그리고 마침내 인간을 절반으로 나누어 서로 떨어뜨리는 것 외에는 방법이 없다는 결론에 이릅니다. 결국 제우스는 인간을 둘로 가르고 얼굴의 방향을 돌려 서로의 모습을 바라볼 수 있게 만듭니다. 그렇게 해서 오늘날 인간의 모습이 완성되었고, 그때부터 인간은 본래의 모습을 그리워하며 자신의 반쪽을 찾게 되었습니다.

위 이야기는 인간이 이성과 동성을 모두 사랑하는 마음을 전면적으로 긍정하고 있습니다. 고대 그리스 시대 인간의 세 가지 성에 대한 탐구는 매우 재치 있습니다. 철학자는 늘 심각한 표정을 짓는 이가 대부분이지만, 개중에는 이렇게 재치 있는 주장을 펼친 철학자도 있습니다.

플라톤은 사랑을 예찬한 대표적인 철학자입니다. 위에서 살펴본 것처럼 그는 사랑을 인간 본연의 모습으로 돌아가기 위한 노력이라고 표현했습니다. 그런데 우리 인간에게 사랑은 그리 간단한 일이 아닙니다. 사랑의 의미가 매우 폭넓기 때문인지 사랑에는 매우 복잡한 감정이 오갑니다. 내가 사랑하는 사람이 나를 사랑하지 않아 괴로운 경우도 있고, 상대를 향한 사랑의 마음이 식어가서 당황할 때도 있습니다. 두 사람의 사랑이 주변 사람들에게 지지받지 못하는 경우도 많습니다. 게다가 사랑의 끝은 또 얼마나 고통스러운가요? 실연의 상처만큼 치유가 더딘 것도 드뭅니다.

주변에서 적극적인 응원을 받는 사랑이라고 해서 고뇌가 없는 것은 아닙니다. 사랑은 혼자서는 불가능하며, 두 사람이 사랑의 감정을 유지하고 발전시켜나가는 것은 결코 쉬운 일이 아닙니다. 그래서 사람들은 생각대로 되지 않는 대표적인 것을 남녀 간의 사랑이라고 말합니다. 두 사람이 서로를 열렬히 사랑하고, 아무도 그 사랑에 반대하지 않으며,

두 사람으로 인해 피해를 입는 사람이 아무도 없다 해도 사랑은 어렵습니다. 예상하지 못한 일로 오해하게 되고 그로 인해 상처받고 마음에도 없는 말을 하기도 합니다.

이처럼 사랑에는 노력과 용기, 고뇌가 따릅니다. 그래서 누군가에게는 사랑이 괴로운 일일지도 모릅니다. 그러나 조금 다르게 생각해보면 고통이 없는 사랑은 없습니다. 따라서 사랑의 고통은 당연한 일로 받아들이는 것이 현명합니다. 사랑을 하고 있는 이들은 고통이 사랑의 행보에 방해가 된다고만 생각하지 말고 당연히 겪어야 할 과정이라고 관대하게 받아들이는 마음의 여유가 필요합니다. 그렇게 마음의 준비를 하지 않으면 그에 상응하는 비참함과 좌절감을 겪게 될 것입니다.

약간 다른 이야기를 해볼까 합니다. 순수한 사랑이 무엇인지 생각하면서 읽어주길 바랍니다. 저는 이전에 '순수한 사랑을 느끼고 싶은 바람'이라는 글을 쓴 적이 있습니다. 글을 쓰면서 '대체 내가 생각하는 순수한 사랑이 뭘까?'라는 의문이 들어 글을 쓰면서도 그 점을 꾸준히 모색했습니다. 돌아보니 그동안 저는 막연하게 순수한 사랑을 추구해야 한다고만 했을 뿐 순수한 사랑에 대해 진지하게 생각해보지 않았습니다. '사랑이 늘 부드럽고 고상한 것이면 좋겠다'는 바람과 더불어 '풀잎 끝에 맺힌 이슬에 빛이 비칠 때처럼 눈부시게 빛나는 청명한 사랑을 느끼고 싶다'고 썼을 뿐입니다.

그 무렵 한 여성에게서 이런 편지를 받았습니다.

저는 진심으로 꽃을 사랑합니다. 그런데 요즘 들어 꽃을 사랑하는 제 마음이 마냥 순수하지만은 않다는 생각을 하게 됩니다. 분명 저는 정성 들여 꽃을 키우는 일이 즐겁습니다. 잘 자라도록 물과 비료를 주고 때가 되면 뿌리가 잘 뻗어나가도록 분갈이를 하는 일은 제게 큰 기쁨입니다. 무럭무럭 자라는 꽃을 보는 일이 제 기쁨이자 위로가 됩니다. 꽃을 보면서 저는 무한한 생명력을 느낍니다.

그런데 어느 순간 제가 잡초를 뽑는 일이 꽃을 위해서가 아니라 저 자신을 위해서라는 사실을 깨달았습니다. 열심히 꽃을 키우는 것이 순전히 꽃을 위해서가 아니라 결국 나 자신을 위해서, 자기만족을 위해서라는 생각을 하게 되었습니다. 정말 꽃을 향한 제 마음은 자기만족을 위한 것에 불과할까요?

오늘도 저에게 활짝 핀 모습을 보여주는 꽃들에게 묻고 싶지만 꽃들은 대답이 없습니다.

저는 이 편지를 읽고 여러 가지 생각을 하게 되었습니다. 자기만족적인 사랑에 대해 우리는 어떻게 생각해야 할까요? 무조건적이고 헌신적인 사랑은 가능한 일일까요? 이에 대해 어떤 대답을 해야 할지 잘 모르겠어서 답장 대신 프랑스 소설가 자크 샤르돈의 글을 보냈습니다.

나는 정원에 갖가지 꽃과 나무를 심는다. 이 수선화를 심은 때는 가을이었다. 머지않아 이곳에서 성당의 양초처럼 창백한 꽃잎이 만개할 것이다. 또 4월 말 어느 아침에 가로수 길을 지나는 사람은 순백의 웨딩드레스를 걸친 나무들을 보고 필시 그 아름다움에 소스라치게 놀랄 것이다.

내가 정원을 가꾸는 것은 나를 위해서가 아니다. 나는 이곳의 초목을 바라봐주는, 정원에 핀 색색의 꽃을 사랑해주는, 나의 보물을 보고 만족해하는 모든 이들과 아름다움을 공유하고 싶다. 그가 누구인지 나는 모른다. 아직 한 번도 마주친 적 없다. 다만 수선화가 피는 기간이 아주 짧기 때문에 그 기간을 놓치지 않고 찾아오는 부지런한 사람이면 좋겠다.

이 세상에 사랑보다 어려운 일이 매우 많겠지만 오늘만큼은 사랑이 가장 어렵게 느껴집니다.

꿈에
대하여

　최근에 지인의 집을 방문하고 돌아오는 길에 항구가 내려다보이는 언덕에서 항구의 풍경을 감상할 기회가 있었습니다. 아침부터 줄곧 내리던 세찬 비는 저녁이 되자 간신히 그쳤지만, 아직 먹구름이 하늘 한편을 뒤덮고 있었고 항구 거리 위쪽의 하늘만이 붉은 노을빛을 띠고 있었습니다. 곧 어둠이 내리자 제가 서 있는 언덕 주변은 어둠뿐이었습니다. 별빛 하나 보이지 않는 어둠 속에서 바라보니 거리의 불빛이 더욱 빛나 보였습니다. 광고 탑 주변에는 빨간색, 녹색, 하늘색 등 형형색색의 빛이 화려하게 빛나고 있었습니다. 줄지어 늘어선 해변의 등불은 어느 해 5월 깊은 밤 해변에서 본 야광충을 떠올리게 했습니다. 등불 덕분에 검은 바다 위에 꽤 커다란 배가 세 척 정도 떠 있다는 사실과 항구에 정박해 있는 배의 수도 대충 알 수 있었습니다.

항구의 야경은 제게 익숙하지 않은 풍경인 만큼 감동도 컸습니다. 예전에 배를 타고 여행한 기억이 떠올랐고, 저만 남겨둔 채 배를 타고 먼 나라로 떠나 돌아오지 않은 이도 새삼 떠올랐습니다. 그리고 조용히 잠들어 있는 배의 돛대에 켜진 등불을 보고 있자니 문득 보들레르의 시 '여행에의 초대'가 평소와 전혀 다른 느낌으로 다가왔습니다.

내 아이, 내 누이여,

꿈꾸어보렴.

그 나라에 가서 함께 사는 감미로움을.

한가로이 사랑하고

사랑하며 죽으리

그대를 닮은 그 나라에서!

이 시를 쓸 당시 보들레르는 연극배우 마리 도브룅과 사랑에 빠져 있었습니다. 아마도 그는 그녀와 배를 타고 멀리 떠나고픈 마음을 이 시에 담은 것 같습니다. 항구의 야경을 바라보며 제가 보들레르와 같은 꿈을 꾼 것은 아니지만, 마치 정처 없이 떠도는 방랑자가 된 것 같았습니다. 제가 서 있는 곳이 난생처음 도착한 먼 나라의 항구로 느껴졌습니다.

다소 감상적인 생각이라는 것을 저 스스로도 알지만 상상의 나래를 멈추지 않았습니다. 그리고 큰 꿈을 향해 당당히 운명을 개척해가는 심정으로 제 마음의 그림자를 쫓았습니다. 결코 감미로운 꿈은 아니었지만 심장박동과 호흡이 묘하게 빨라지면서 상상의 나래를 접기가 견딜 수 없이 싫었습니다.

*

꿈이라는 단어에는 두 가지 뜻이 있습니다. 실현하고 싶은 희망이나 이상이라는 뜻과 실현될 가능성이 아주 적거나 전혀 없는 헛된 기대나 생각이라는 뜻입니다. 참으로 묘한 단어입니다. 저에게 꿈은 후자의 의미가 강합니다. 왜냐하면 저는 약하디약한 사람이기 때문입니다. 장애물을 극복하면서 하고 싶은 일을 실현해내는 사람이 못 됩니다. 그래서인지 예전부터 저같이 약한 자를 위해 '깨어 있을 때 꾸는 꿈', 즉 실현 가능성이 없는 일을 상상으로나마 즐기는 것을 허용해야 한다고 생각했습니다.

우리 주위에는 강인한 사람이 아주 많습니다. 몸이 튼튼한 사람이 아니라 정신적으로 강한 사람, 그리고 자신이 원하는 일을 위해 적극적으로 행동하는 사람이 진정 강한 사람이라고 생각합니다. 그런 이들에게 꿈이란 실현하고 싶은 희망이나 이상이라는 의미가 클 것입니다. 그러므로 저처럼 상상의 나래를 통해서만 꿈을 꾸려 한다면 어리석은 일이겠지요. 자신감이 넘치고 안 좋은 일을 훌훌 털어버릴 수 있는 사람, 문제 해결에 도움이 되지 않는 불안감이나 괴로움에 흔들리지 않는 사람…… 이런 사람은 저같이 약한 사람에게 선망의 대상입니다. 아무리 부러워해도 하루아침에 약한 사람이 강한 사람으로 될 수는 없으니까요.

저는 평소에 허황된 꿈을 자주 꾸는 편입니다. 상상의 나래를 펼치는 일이 항상 즐겁지는 않습니다. 그러나 그렇게 상상하고 나면 긴장과 어깨 뭉침이 풀리고 심호흡을 한 것처럼 마음이 편해집니다. 그래서 현실에 지쳤을 때나 장애물에 부딪혀서 어찌할 줄 모를 때면 꿈속으로 빠져듭니다. 그럴 땐 악몽은 되도록 피하고 아름답고 풍요로운 꿈을 꾸고자 노력합니다. 제 생각과 행동을 남이 눈치채지 못하도록 조용히 미소만 띤 채로 말이지요. 그리고 스스로에게 다짐합니다. 감미로운 꿈에서 영영 깨어나지 못할 수도 있으니 아름다운 상상을 하더라도 항상 경계해야 한다고 말입니다.

*

저에게는 아주 오래된 꿈이 있습니다. 그것은 꿈의 전당을 만드는 것입니다. 저는 가난하지만 문학을 선택했고 문학을 위해 살아가고 있습니다. 그래서 문학을 통해 그런 꿈의 전당을 짓고 싶습니다. 만약 제가 꿈의 전당을 만들게 된다면 저 혼자만의 공간으로 숨겨두지 않고 그 문을 활짝 열어 누구나 자유롭게 사용하게 하고 싶습니다. 어떤 강요도 하지 않을 것입니다. 꿈의 전당에서 각자 아름다웠던 날을 떠올리거나 상상의 나래를 마음껏 펼쳐 어두운 미래 속에서 한 점의 청아한 빛줄기를 발견하기 바랍니다.

프랑스 작가 조르주 뒤아멜은 음악가 바흐를 매우 좋아했는데, 바흐에 관한 에세이에서 다음과 같이 썼습니다.

내가 바흐의 음악을 사랑하는 것은 그의 음악이 모두에게 활짝 열려 있는 순수한 음악이기 때문이다. 그의 음악은 머리로 이해하고 따라가야 하는 부분이 전혀 없다. 바흐의 음악은 내 인생의 일부이며 내가 살아가는 힘이다. ……바흐는 나에게 아무것도 강요하지 않는다. ……나는 바흐 음악을 들으며 깊은 생각에 빠진다. 때론 기뻐하며 때론 괴로워한다. 때론 잠을 자며 때론 상상의 나래를 펼친다. 그의 음악은 나를 한껏 고양시키는 전당과 같은 곳이다.

이 문장을 쓴 뒤아멜이 말했듯이 이는 음악가만 할 수 있는 일이 아니라 모든 예술가에게 최고의 역할이기도 합니다. 아니 예술가가 아니더라도 타인의 마음을 넌지시 어루만져 따뜻하게 만들 수 있는 사람이면 가능한 일입니다. 이런 마음만 있다면 누구나 꿈의 전당을 만들 수 있습니다. 그 꿈의 전당은 자신을 포함하여 다수에게 큰 힘이 될 것입니다.

다시 한 번 말하지만 저는 강한 사람이 아니어서 상상 속에서라도 제 꿈을 실현하고 싶습니다. 물론 상상 속에서 어떤 즐거운 꿈을 꾸더라도 결국 현실로 돌아와야 한다는 사실을 잊지 않아야겠지요.

*

오늘은 아침 해가 봄답게 따사로워 가까운 밭을 산책했습니다. 보리는 벌써 제법 자랐고, 보리밭 위로 종다리 떼가 파르르 날개를 움직이며 지저귀고 있었습니다. 그 모습이 마치 몹시 즐거워하는 것처럼 보입니다. 종다리는 하늘에 사는 것 같지만 둥지는 보리밭의 어딘가에 있습니다. 아무리 하늘을 훨훨 날아다니는 새일지라도 푸른 하늘 위에 둥지를 지을 수는 없습니다.

행복에
대하여

누구나 잘 알고 있는 것 같고, 누구나 가장 많이 생각하는 '행복'에 대해 무슨 이야기를 하면 좋을까요? 저는 행복에 대해 이야기하려고 하면 겁부터 납니다. 아무리 생각해도 이렇다 할 정답을 내놓기가 너무 막연합니다. 시대를 막론하고 행복에 대한 정의는 장황하면 안 된다고 생각합니다. 지나치게 이론적이지 않았으면 하는 게 제 바람입니다.

행복은 때로 그 모습을 감추고 보이지 않는 곳으로 사라져버리기도 합니다. 행복을 눈앞에서 잡고 나서도 그 행복을 버리고 다른 행복을 바라는 경우도 있습니다.

인간은 자기 자신보다 다른 사람을 더 신경 씁니다. 어쩌면 자신에 대해 불안하기 때문인지도 모릅니다. 가장 신경 쓰는 것은 '다른 사람이 나보다 더 행복한가'입니다. 눈에 보이는 것은 다른 사람의 겉모습일 뿐인데도 말입니다. 이렇게 우리는 늘 다른 사람을 신경 쓰며 살아왔기 때문에 처음 만나는 사람의 속마음 정도는 대략 파악할 수 있습니다. 하지만 그 누구도 타인의 속마음을 완벽히 알 수는 없으며 그럴수록 자신에 대한 불안감이 커집니다. 그리고 그 불안감을 떨쳐내지 못할 때 '다른 사람은 신경쓰지 말자'고 결심합니다. '나는 나일 뿐'이라고 생각을 바꾸게 되는 것입니다. 그런 사고의 전환은 때로 새로운 발전의 길을 제시하기도 하고 그렇지 않기도 합니다. 그렇게 생각을 바꾸고서도 불안을 떨쳐내지 못하면 모든 것이 자신에게 불리해질 뿐입니다. 끊임없이 다른 사람을 신경 쓰던 사람이 갑자기 자신만의 세계에서 버티고 있다 보면 감정적으로 매우 동요됩니다. 하지만 사고의 전환이 안정적으로 자리잡기만 하면 그 감정의 동요는 쉽게 해결됩니다. 중요한 것은 사고의 전환을 통해 자신의 인생관에 어떤 가치가 더해졌느냐 하는 점입니다.

사고를 전환하는 방법은 이와 다른 방식이어도 상관없습니다. 어떤 사람은 개인적인 행복만을 중요시하다가 어떤 계기로 사회 전반의 행복을 생각하게 되는 경우도 있을 것입니다. 또는 종교에서 행복을 찾으려는 경우도 있을 것입니다. 그 심경의 변화의 가치는 어느 영역이냐가 아니라 심경의 변화를 가져온 계기에 새로운 가치가 더해졌느냐에 있습니다.

행복론에는 다양한 주장이 있습니다. 고대 그리스인의 생각, 기독교적 행복관, 사회주의가 주장하는 행복 등 매우 다양합니다. 하지만 행복론을 알았다고 해서 그 이론에 따라 행복을 느끼는 것은 아닙니다. 행복론을 알지 못해도 행복을 느낄 수 있습니다. 행복에는 이론이 전제되지 않는다는 말이지요. 또한 앞으로도 끊임없이 새로운 행복론이 생겨날 것입니다.

역사적으로 행복론을 주장한 사람은 많습니다. 그리고 그 행복론은 많은 사람들에게 나아갈 길을 제시하고 생각할 거리를 제공했습니다. 하지만 그 행복론을 주장한 사람이 행복했는지는 알 수 없습니다. 이처럼 행복에 대한 이론을 완벽히 알고 있어도 불행할 수 있고, 이론을 전혀 모르더라도 행복할 수 있는 게 우리 인생입니다.

예를 들어 밭을 일구는 농부는 행복론과 거리가 멀 수도 있습니다. 그렇다고 그가 행복을 느끼지 못할까요? 저는 아니라고 생각합니다. 힘든 밭일을 마쳤을 때, 기다리고 기다리던 비가 내릴 때, 풍년이 들었을 때 행복에 젖어 흐뭇한 미소를 지을 것입니다. 그뿐 아니라 몸이 아파 고생하던 아이가 건강해졌을 때, 부모님이 음식을 맛있게 드실 때 등 일상에서 행복을 느끼는 순간은 수없이 많을 것입니다. 이처럼 행복은 반드시 이론으로 정리되는 것이 아닙니다. 제가 행복에 대해 이야기하며 유명한 이의 행복론을 소개하지 않는 이유도 바로 이 때문입니다. 여러분도 남에게 이론적으로 설명할 수 없는 행복은 행복이 아니라고 생각하지 않기를 바랍니다.

한편 저는 이런 의문도 있습니다. 행복은 우리가 추구해야 할 최상의 가치일까요? 만약 행복을 추구하지 않는 사람이 있다면 저는 그에게 행복을 강요하고 싶지 않습니다. 행복 외에도 인간이 추구해야 할 것이 많기 때문입니다. 다만 인간으로 태어난 이상 행복에 대해 스스로 생각해보는 시간은 가져야 한다고 생각합니다. 살다 보면 행복이라는 파랑새를 만나는 날이 올지도 모르니까요.

파랑새는 스스로 노력해서 만날 수도 있고 생각지도 못했는데 우연히 만날 수도 있습니다. 그런데 새는 언제든지 멀리 날아가버릴 수 있기 때문에 그 새를 어떻게 잡아둘지 알아야 합니다. 아직 파랑새가 오지도 않았는데 이런 일을 염려하는 게 불필요하게 느껴질 수도 있습니다. 그러나 파랑새를 만나는 일은 인생에서 그리 흔한 경험이 아니며 우리에게는 날개가 없기 때문에 미리 대비하는 것이 좋습니다.

이는 비단 행복에만 해당하는 이야기가 아닙니다. 우리는 매일 눈이 휘둥그레질 정도로 많은 쾌락과 고뇌와 마주합니다. 그 쾌락과 고뇌는 좀처럼 우리 뜻대로 다루기가 쉽지 않습니다. 쾌락은 그것을 느긋하게 즐길 틈도 없이 고뇌를 불러옵니다. 이는 피하려고 해도 소용없습니다. 쾌락과 고뇌에 대처하는 방법을 알아두지 않으면 예고 없이 밀려오는 감정의 파도에 웃다 울기를 반복하며 시간을 보낼 수

도 있습니다. 이는 다음에 이야기할 쾌락과 고뇌에 대한 논
의에도 해당하는 말입니다.

쾌락과 고뇌에
대하여

쾌락과 고뇌 혹은 쾌감과 고통은 서로 정반대의 의미이면서 깊은 관계가 있기 때문에 따로따로 생각하기 어렵습니다. 쾌락과 고뇌에는 정신적인 것과 육체적인 것이 있는데 이 또한 따로 떼어놓고 생각할 수 없습니다. 그럼에도 가끔은 쾌락과 고뇌를 별개로 생각하고 싶기도 합니다.

그 이유는 무엇일까요? 약간의 예외적인 상황을 제외하면 인간은 항상 쾌락을 추구하고 고뇌를 피하려고 합니다. '인생 최고의 목표는 쾌락의 증진과 고통의 경감'이라는 쾌락주의자들의 주장처럼 대다수 사람들은 쾌락에 더 많은 관심을 가집니다. 쾌락과 고뇌를 분석하기보다는 어떻게든 고통을 줄이고 즐거운 시간을 조금이라도 더 늘리려고 노력하지요. 그 바람을 이루기 위해서라도 쾌락과 고뇌의 관계를 알아둘 필요가 있습니다. 그렇지 않으면 쾌락을 좇다가 생각지도 못한 고뇌에 빠질 수도 있습니다. 이는 주변에서 흔히 볼 수 있는 일입니다.

철학 같은 학문이 고뇌를 해결해주지는 않습니다. 고뇌를 해결하는 길을 제시해주기는 하지만 그 길이 너무나 멀고 다양해서 길을 가는 도중에 목적을 잊기 일쑤입니다. 그것이 우리에게는 또 다른 고뇌입니다.

그뿐만이 아닙니다. 만약 아무것도 안 해도 되는 상황에서 아무것도 하지 않아 권태를 느끼게 되었다고 가정해봅시다. 그 상태에서는 특별히 쾌감을 느끼지 못하는 대신 별다른 고통도 느끼지 않습니다. 하지만 우리 인간은 그런 상태를 추구하지 않습니다.

게다가 쾌락과 고뇌는 서로 뒤엉켜 있습니다. 쾌락으로 느껴졌던 일이 고뇌로 바뀔 수도 있습니다. 예를 들어 괴로울 때는 아무것도 안 하면서 지내는 '무위'의 상태가 행복하게 여겨집니다. 하지만 즐거울 때는 그런 상태가 지루하게 느껴집니다.

쾌락과 고뇌 사이에 있는 무위를 출발점으로 삼고 생각을 이어가보겠습니다. 여기에서 출발한다는 것은 쾌락을 추구하는 방향으로 나아간다는 뜻입니다. 무위에서 발걸음을 옮길 때는 막연히 나아가는 것이 아니라 되도록이면 더 순수한 쾌락을 추구하려고 합니다. 쾌락에 관한 이론과 사상은 제쳐두고, 일단 더 즐거운 일을 찾아내려는 것이 인간의 속성입니다. 무위를 출발점으로 쾌락을 향해 나아가는 길 끝에서 어떤 쾌락을 만날지는 알 수 없습니다. 알 수 없다는 것은 불안감과 동시에 호기심과 설렘을 불러일으킵니다. 특히 젊은 시절에는 지극히 순수한 쾌락을 추구하는 것이 당연합니다.

그렇다면 순수한 쾌락이란 무엇일까요? 저 자신도 아직 순수한 쾌락을 경험해본 적이 없기 때문에 정확히 이야기할 수는 없습니다. 하지만 그 순수하고 진정한 쾌락에 관해서 여러 가지로 생각해보았습니다. 간단한 예로 배고플 때 좋아하는 음식으로 배를 채우는 것도 순수한 쾌락으로 느껴집니다. 흙과 땀으로 지저분해진 몸을 개운하게 씻어내는 것도, 겨울철에 난로 옆에서 몸을 따뜻하게 녹이는 것도 쾌락에 해당할 것입니다. 이토록 매우 단순한 일로도 우리는 "아, 행복해"라는 말을 내뱉습니다. 이런 쾌락은 훗날에도 꽤 강한 인상으로 남게 됩니다.

하지만 인간은 그런 수준의 쾌락에 만족하지 않습니다. 더 순수하고 더 큰 쾌락을 원하게 되지요. 그 결과 육체적 쾌락에 점점 깊이 빠져듭니다. 저는 육체적 쾌락을 통해 순수한 쾌락의 세계를 경험한다면 그것도 괜찮다고 봅니다.

반면 어떤 사람은 종교 생활에서 쾌락을 추구합니다. 이는 언뜻 육체적 쾌락과 정반대인 것처럼 보입니다. 금욕 생활을 통해 욕망을 억제하면서 쾌락을 추구하는 것이기 때문입니다. 어쨌든 여기에서도 무언가 정신적인 쾌락을 얻는다면 그것 역시 괜찮다고 생각합니다.

어떤 사람은 학문을 연구하거나 도락을 즐기거나 취미에 몰두하는 등 무언가에 열중하는 상태에서 쾌락을 경험할지도 모릅니다. 이 경우 처음부터 쾌락을 위해 그 일을 시작하지 않을 수도 있겠지만 그 행위를 통해 쾌락을 얻는다는 사실에는 변함이 없습니다.

그런데 우리가 언제까지 이런 종류의 쾌락에 빠져 지낼

수 있을까요? 현명한 사람은 쾌락을 현명하게 다룰지도 모릅니다. 예를 들어 스스로 음식 섭취량의 한계를 정하고 과식하지 않도록 노력하는 사람도 있습니다. 그런 사람은 어찌 됐든 쾌락이라는 목적을 앞에 두고 그 직전에서 멈추기 때문에 순수한 쾌락을 충분히 맛보았다고 말하기 힘들지도 모릅니다. 현명하게 조절하는 것이 결과적으로는 다행이겠지만, 그 사람은 여전히 눈앞에 있는 쾌락이 궁금할 것이고 언젠가는 자신이 정한 한계를 뛰어넘어버릴 것입니다. 물론 인간의 성격은 다양하므로 그 한계를 뛰어넘지 않고 끝까지 버티는 사람도 있을지도 모릅니다.

사실 제가 말하고 싶은 것은 조금 더 일반적인 이야기입니다. 앞에서 예로 든 사람들이 과연 순수한 쾌락을 경험했다고 할 수 있을까요? 모두 미리 예상한 대로 행복을 맛보았다고 할 수 있을까요?

여기에서 몇몇 사상가가 남긴 말을 소개하겠습니다. 에피쿠로스의 쾌락주의에 커다란 영향을 끼친 루크레티우스라는 로마의 시인이 있습니다. 그는 "쾌락은 고통이 흘러나오는 원천이다"라고 말했습니다. 몽테뉴는 "쾌락은 고통으로 끝난다"라고 말했습니다. 또 아미엘은 "에피쿠로스의 쾌락주의는 절망으로 끝난다"라고 말했습니다. '즐거움이 극에 달하면 슬픔이 생긴다'는 뜻의 사자성어 낙극애생(樂極哀生)도 있습니다.

이는 모두 인간의 감정은 쾌락과 고통이 혼재되어 있음을 나타내는 말입니다. 이미 우리도 알고 있는 사실이지요. 예를 들어 허기를 채우려고 식욕에 충실하여 지나치게 먹으면 배탈이 나서 괴로워집니다. 욕망을 쫓다가 포만 상태가 되면 반드시 고뇌가 따르기 마련입니다. 이로써 절제와 사리 분별이라는 것이 하나의 미덕으로 자리 잡게 됩니다.

고뇌도 마찬가지로 극에 달하면 쾌락으로 이어질 수 있습니다. 대표적인 예로 소크라테스는 쾌락과 고통은 좋은 것과 나쁜 것처럼 상반된 것이 아니라 동시에 존재할 수 있다고 주장했습니다. 즉 목이 몹시 말라 고통스러운 순간 물을 마시는 것은 고통스러운 동시에 쾌락을 느끼는 것이라고 주장했습니다.

이에 대한 자세한 설명은 다음 기회로 미루고 여기에서는 쾌락과 고뇌가 서로 반대 방향을 향해 있는 것이 아니라는 사실만큼은 분명히 해두고 싶습니다. 우리가 느끼는 각종 고뇌에는 쾌락이 섞여 있습니다.

이에 대해 반박하고 싶은 독자가 있다면 어느 화가의 말을 전해드리고 싶습니다. "우는 얼굴을 그릴 때 신경 써야 하는 얼굴 근육의 움직임과 주름은 웃는 얼굴을 그릴 때도 똑같이 적용된다." 이는 쾌락과 고뇌의 관계를 고민하는 우리에게 생각할 거리를 던져주는 좋은 비유인 듯합니다.

그렇다면 쾌락과 고뇌가 동시에 존재하는 인생을 어떻게 해야 더 즐겁게 보낼 수 있을까요? 안타깝게도 이에 대해서는 속 시원한 정답이 없습니다만, 적어도 이런 말은 할 수 있습니다. 똑같은 일을 하더라도 사람에 따라 확연히 다르게 느낄 수 있기 때문에 어떻게든 고민하고 지혜를 짜낸다면 쾌락을 남보다 두 배로 즐길 수 있다는 것입니다. 그것이 가능한 사람이 행복한 사람입니다. 때로는 누구나 괴롭다고 생각하는 일을 웃는 얼굴로 받아들이는 사람도 있습니다. 더 이상 장황하게 설명하지 않아도 제가 하고 싶은 말을 이해하셨을 줄로 믿습니다.

운명에
대하여

각 나라의 신화를 살펴보면 반드시 운명의 신이 등장합니다. 이집트에는 샤이가 있고, 북유럽에는 필기아가 있고, 그리스에는 유명한 운명의 세 여신 클로토, 라케시스, 아트로포스가 있습니다. 중국과 인도에도 이와 비슷한 운명의 신이 존재합니다.

인간은 왜 이토록 운명에 집착하고 신에게 자신의 운명을 의탁할까요? 누구나 살아가면서 다양한 기회와 마주치는데, 그때 과연 그 기회를 자유롭게 살릴 수 있을지 고민하게 됩니다. 행여 자유롭게 생각하고 스스로 행동해서 무언가를 창조해냈다고 해도 결국 그것이 인간의 영역을 훨씬 뛰어넘는 어떤 힘에 조종되어 나타난 결과가 아닌지 의심하게 됩니다.

우리는 스스로 결정하고 결정한 대로 행동할 수 있습니다. 하지만 아무리 훌륭한 계획을 세워도 모든 게 계획대로 이루어지지는 않습니다. 때에 따라서는 예상 밖으로 결과가 좋게 나오기도 하고 나쁘게 나오기도 합니다. 그 결과에 따라 우리의 감정은 양극단으로 갈라지겠지요.

결과가 어떻든 인간은 운명을 떠올릴 수밖에 없습니다. 예상보다 좋은 결과가 나오거나 혹은 모든 것을 포기했을 때 갑자기 광명이 주어진다면 운명에 감사하고 싶어집니다. 반대로 나쁜 결과가 나왔을 때는 운명을 원망하고 저주하기까지 합니다.

하지만 아무리 원망해도 운명은 인간의 힘으로는 도저히 어쩔 도리가 없습니다. 화를 내봐도 발버둥을 쳐봐도 운명에는 통하지 않습니다. 이럴 때 고대인은 운명에 대해 공포를 느꼈을 것입니다. 현대인도 그 심정을 이해 못 하는 바가 아닙니다. 현대인도 고대인과 별반 다르지 않은 운명관을 지니고 있다는 사실을 부정할 수 없습니다.

만약 계속해서 불운이 찾아온다면 우리는 어떻게 행동하게 될까요? 아마도 대개는 운명 앞에서 체념하게 될 것입니다. 자신의 불운과 남의 행복을 비교하면서 시기의 눈빛으로 그들을 바라볼 것입니다. 그러나 그것이 전부입니다. 운명을 바꿀 수 있는 힘이 없기 때문에 운명에 농락당하면서도 부단히 살아갈 수밖에 없습니다. 설령 죽으려 해도 쉽게 죽을 수조차 없는 것이 운명입니다. 운명의 혹독한 시련에서 벗어나고자 극단적으로 자살을 선택하는 사람도 있습니다. 너무도 안타까운 일이지요. 그런데 과연 자살을 스스로의 힘으로 실행했다고 할 수 있을까요? 그 역시도 운명의 힘에 의한 것이라는 생각은 지나친 걸까요?

비슷한 이야기입니다만, '완전한 우연'이라고 여겨지는 일에도 운명이 관여했을지 모릅니다. 오랫동안 연락이 끊긴 사람과 길거리에서 딱 마주쳤을 때, 과연 그것이 우연일까요? 같은 도시에 살고 있기 때문에 생긴 필연은 아닐까요? 만약 두 사람이 서로 알아보지 못하고 지나쳤다면 이것은 어떻게 해석해야 할까요?

전봇대 위에서 전깃줄을 고치는 작업자가 실수로 도구를

떨어뜨렸을 때 마침 그곳을 지나던 사람이 맞을 수도 있습니다. 그 사람이 딱 한 걸음만 느리게 걸었다면 전혀 다치지 않고 지나갔을 수도 있습니다. 하지만 그런 일이 일어났기 때문에, 혹은 그런 일이 일어나지 않았기 때문에 사람의 모든 행위와 세상의 모든 사건이 이미 결정되어 있는 게 아닌가 하는 생각도 듭니다.

철학자들도 운명을 그런 식으로 생각하기 시작했습니다. 어떤 사건이 일어났을 때 그 사건이 일어나려면 그에 상응하는 원인이 있어야 한다는 것입니다. 그리고 그 원인이 존재하는 이유도 그 원인의 원인이 이미 존재하기 때문이라는 것입니다.

이처럼 사건의 원인을 생각하다 보면 한없이 원인을 거슬러 올라가게 됩니다. 직접적인 원인이 있는 반면 간접적인 원인도 있을 테고, 그 수는 도저히 헤아릴 수조차 없습니다. 게다가 그 원인들 간에도 인과관계가 얽혀 있어 인간의 머리로는 상상조차 할 수 없을 만큼 복잡할 것입니다.

직접적인 원인만 놓고 보면 충분히 헤아릴 수 있을 것 같지만 직접적인 원인이라고 해서 다 파악할 수 있는 것도 아닙니다. 어느 정도는 파악할 수 있겠지만 도저히 알 수 없는 원인들의 인과관계는 인간의 인지 영역을 뛰어넘습니다.

원인들을 한없이 거슬러 올라가다 보면 궁극적인 하나의 힘을 떠올리게 됩니다. 그 힘이 없었다면 궁극적인 원인도 없었을 것이고 세상의 모든 사건은 일어나지 않았을 것입니다. 이는 그야말로 거대한 세계입니다. 물질적인 것과 정신적인 것이 모두 그 세계에 포함됩니다. 이것이 바로 운명입니다.

운명에서 여러 가지 문제가 파생됩니다. 예를 들어 '어떤 사건과 그 원인의 관계가 필연적인지 아닌지', '그 인과관계를 무언가로 끊을 수 있는지 없는지', '만약 끊을 수 없다면 인간의 자유라는 것은 어떤 의미가 있는지' 등의 형이상학적 문제가 생겨나는 것이지요.

운명관은 시대에 따라 바뀌었습니다. 여기에서는 잠시 스토아주의의 운명관을 소개하겠습니다. 스토아주의는 기원전 3세기 초 그리스와 로마에서 형성되었습니다. 스토아주의는 자연주의적이며 합리주의적인 성격을 띱니다. 우주 만물의 본질이 이성이라고 생각하였지요. 그런데 스토아 철학자들에게 이성은 곧 신이요, 이성이 곧 자연이었습니다. 자연, 신, 우주와 인간이 이성에 의해 연결되어 있다고 본 것입니다. 그러므로 자연에 따르는 삶은 이성에 따르는 삶이며 이성에 따르는 삶은 신의 목소리에 따른다는 뜻이기도 합니다.

그래서 이성을 따른다는 것은 곧 운명을 따른다는 것이고, 운명을 따름으로써 모든 사건은 필연적으로 일어나고 필연적으로 소멸한다고 합니다. 그리고 그 운명이라는 것은 서로 연결된 원인들의 연쇄 작용이기 때문에 그 어떠한 일도 원인 없이는 일어나지 않습니다.

그런데 인간은 필연적인 것, 어찌할 도리가 없는 것에 대해 추리하고 판단을 내립니다. 게다가 그 판단에 따라 다양한 감정을 느끼고 그로 인해 불행해지는 경우도 많습니다. 그 판단이 올바르다면 좋겠지만 인간을 불행하게 만드는 판단은 모두 사실이 아닌 일종의 미신입니다. 우리가 어떤 일을 아쉬워하고 안타까워하는 이유는 '그렇게 될 운명이 아니었는데'라고 잘못 생각하기 때문입니다.

우리는 외부의 다양한 사건에 대해서 판단을 내릴 수 없는 존재입니다. 그런 사건은 좋고 나쁨을 떠나 그저 발생할 뿐입니다. 그에 대해 아쉬워하거나 불안해하는 것은 어리석은 일입니다. 그래서 현자들은 어떤 사건을 접하더라도 평온한 마음으로 대해야 한다고 말합니다. 이런 마음가짐은 부동심(不動心) 또는 정관(靜觀)이라고 할 수 있으며 혹은 체념일 수도 있습니다.

하지만 체념은 위험을 동반합니다. 체념은 인간이 미래를 전혀 알 수 없고, 미래에 대한 판단이 도리어 불행으로 이끈다는 뜻을 함축합니다. 따라서 어떤 길을 선택하든 그 길이 올바른지 아닌지 알 수 없으므로 아무것도 하지 않는게 최선이라고 생각하기 십상입니다. 아무것도 하지 않는 것이 가장 현명하다면 교육도 전혀 의미가 없게 되고, 무엇보다 인간의 의지가 무의미해집니다. 스토아주의에서는 체념으로 인한 문제까지는 언급하지 않습니다만, 현재까지도 인간의 윤리적 행위를 이끄는 사상으로서 영향력을 발휘하고 있습니다.

그런데 스토아주의에서 말하는 운명에 관해 조금 더 엄밀하게 생각해볼 필요가 있습니다. 스토아주의에서의 운명은 섭리라고 말하는 편이 나을지도 모릅니다. 우주를 관장하는 원리는 섭리적인 이성이며 이것이 일정한 규칙에 따라 움직인다는 것입니다. 자연의 법칙에는 확정성이 있는데 이는 결코 자유에 반하는 것이 아니라 섭리적 이성의 발현으로 작용하는 것입니다. 따라서 필연과 대립하는 의미로서의 운명은 존재하지 않습니다. 다만 섭리적 이성이라는 질서가 존재할 뿐입니다.

이러면 외부의 사건에 무관심하다는 것의 의미가 완전히 달라집니다. 현자는 세상의 모든 사건을 선한 의지의 결과로 생각합니다. 따라서 외부의 사건에 대해 적극적인 태도를 취하는 것이 바람직하다고 말합니다. 그래서 고대인은 신에게 경의를 표했습니다. 이 경건한 태도는 신앙이라기보다는 합리적 존재에 대한 존경이라고 생각합니다. 즉 인간은 이해하기 힘든 무한한 힘 앞에 굴복하는 것이 아닙니다. 우주를 관장하는 선한 이성이 세상 구석구석에 침투해 있음을 이해하는 동시에 인간을 관장하는 이성 역시 그것과 동일한 존재라는 사실을 깨달은 것입니다.

이때 스토아주의가 직면하는 커다란 문제는 바로 악(惡)입니다. 모든 것이 선한 섭리에 따라 움직인다면 악은 도대체 어디에서 오는 것일까요? 인간 사회에 악은 엄연히 존재합니다. 만약 악이 없다면 교육도 필요 없을 테고, 선하게 살아야 한다고 강조할 필요도 없을 것입니다.

사실 이 악의 문제는 스토아주의에서 해결하지 못했습니다. 어떤 사람은 악을 자유와 연결해서 생각했습니다. 하지만 인간의 본성이 선하다는 것을 인정하는 이상 자유로운 존재가 왜 악을 행하는지 설명하기는 여전히 곤란합니다.

그렇다면 악은 인간의 내부가 아니라 외부로 향한다고 볼 수 있습니다. 훗날 루소가 인정한 것처럼 인간은 원래 선하지만 인간이 모여 만든 사회는 그와 별개입니다. 사회에서는 잘못된 판단을 내릴 수도 있고 편견이 생기기도 합니다. 그처럼 악은 인간 내면의 본질적인 것이 아니라 외부에서 생겨나는 것이기 때문에 이것을 교육으로 선도해야 한다는 사상도 힘을 얻고 있습니다.

물론 이는 인간이라는 존재를 바라보는 하나의 견해일 뿐입니다. 인간은 태어날 때부터 악하다고 주장하는 사람도 있습니다. 이 문제를 어떻게 해결하면 좋을까요? 인간에게 자유 의지가 있다고 해도 그 한계가 있습니다. 대표적인 예로 인간은 죽음을 피할 수 없습니다. 또한 세상을 생각대로 움직일 수 없을뿐더러 자신의 마음조차 생각대로 이끌어가지 못합니다. 그리고 아무리 지쳐도 생계를 위해 꾸준히 일해야 하는 운명입니다. 역시 인간은 운명에 조종당하는 것일까요?

저는 이에 대해 아무런 답도 드릴 수 없습니다. 그러나 어느 사상가의 말처럼 운명이 사람을 억압하기 때문에 사람은 그에 반항하고 발버둥 칩니다. 물살이 급한 강물에 빠지면 물살을 거슬러 헤엄치려고 해도 결국에는 한 걸음도 나아가지 못하고 지쳐 쓰러질 뿐입니다. 이럴 때는 물살의 흐름에 몸을 맡기는 수밖에 없습니다. 그리고 어떻게 몸을 가눌 것인지를 생각하는 편이 좋을지도 모릅니다. 몸을 가누다 보면 강물 위를 흘러가는 와중에도 자유가 생겨납니다. 하지만 자유를 얻었다고 하더라도 자신은 물살에 떠내려가는 처지임을 잊어서는 안 됩니다.

고독에
대하여

고독한 삶이란 남들과 떨어져 홀로 살아가는 것이기 때문에 당연히 외롭습니다. 그런데 그런 외로움이 좋다는 사람이 있습니다. 고독을 사랑한다고 입버릇처럼 말하는 사람이 있습니다. 떠들썩한 생활을 좋아하는 사람도 있듯이 외롭고 고요한 생활을 좋아하는 사람이 있는 것은 이상한 일이 아닙니다. 하지만 우리 사회의 젊은이들이 고독을 좋아하는 심정을 차근차근 살펴보면 그리 단순하지만은 않습니다.

결론부터 말하겠습니다. 저는 많은 사람들 속에서 부대

끼며 일하는 와중에도 집단의 분위기에 휩쓸리지 않으려고 조심합니다. 반대로 혼자 있을 때는 주변 사람들에 대한 관심과 애착이 자연스럽게 솟아납니다.

이처럼 고독과 관련한 제 의견은 실로 평범합니다. 양극단으로 나아가지 않도록 조심하고자 할 뿐입니다. 그런데 평범한 의견일수록 실천하기가 힘듭니다. 그렇기 때문에 중용을 유지하려고 노력하는 것이 중요하다고 믿습니다. 저는 그에 이상적인 가치를 두고 중용에 가까워지고자 합니다.

현대인에게 주변 사람들과 적극적으로 부대끼며 생활할지, 아니면 남들과의 교류에 신경 쓰지 않으면서 독립적으로 생활할지는 선택의 문제입니다. 현대인은 자신의 삶의 방식을 스스로 선택할 수 있습니다. 하지만 현대사회에서는 독립적인 생활을 하더라도 사회로부터 피할 수 없는 의무를 부여받기 마련입니다. 제아무리 혼자 조용히 살아가려 애를 써도 어쩔 수 없이 사람을 상대해야 하는 상황이 발생하기 마련입니다.

반면 많은 사람들과 어울려 생활하면서도 왠지 울적하고

사람이 그리운데 도저히 말 상대를 찾지 못했던 경험은 누구에게나 있을 것입니다. 그럴 때면 초조하고 불안하며 뭐라 형언할 수 없는 묘한 감정에 사로잡힙니다. 그런 경우 저는 더더욱 중용을 유지하기 위해 노력합니다. 어느 한쪽으로 마음의 무게가 기울면 다른 한쪽에 무게를 더해 균형을 유지하려고 애씁니다. 물론 이는 제 바람일 뿐 항상 성공하지는 못합니다. 솔직히 말하면 가끔은 중용을 유지하려는 마음가짐조차 잊어버립니다. 왜냐하면 중용에만 신경 쓸 수 없을 만큼 제 마음 속에 수많은 적군과 아군이 있기 때문입니다. 대표적인 적군은 역시 저 자신입니다. 수많은 적군과 아군이 모여 저를, 저의 성격을 만듭니다. 그렇기 때문에 저는 적군을 미워하지 않습니다. 적군과 아군이 많을수록 제 삶이 풍요로워진다고 생각합니다.

고독을 삶의 방식으로 선택하는 데에는 개인의 성격이 작용할 것입니다. 다행히 성격은 고칠 수 있는 여지가 있습니다. 하지만 성격을 고치는 일은 외모를 고치는 것만큼 쉽지 않습니다. 예를 들어 키가 작은 사람은 등을 쫙 펴고 걸으면 어느 정도 키가 커 보일지도 모릅니다. 한창 자랄 나이에는 등을 펴는 운동으로 키가 클 수도 있습니다. 그러나 다 자란 성인은 단 1센티미터도 크기 어렵습니다. 이처럼 성인이 외모를 고치는 데 한계가 있는 것처럼 성격을 고치는 데에도 한계가 있습니다.

지금 우리는 고독에 대해 이야기하고 있습니다. 그리고 '인간이 행복하게 살려면 고독하게 생활하는 편이 좋은지, 아니면 많은 사람들과 섞여서 활동적으로 생활하는 편이 좋은지' 비교해보았습니다. 사실 이 비교론이 바람직한 방법은 아닙니다. '고독한 생활'과 '사람들과 부대끼는 생활'은 행복을 가르는 훌륭한 기준이 아니기 때문입니다. 다만 이 방법으로 고독의 정체를 좀 더 확실히 드러낼 수는 있으리라 기대하는 것이지요.

먼저 사람들과 어울려 살아가는 삶부터 살펴보겠습니다. 어떻게 사는 것이 사람들과 어울려 사는 것인지는 누구나 알고 있습니다. 심지어 산속에서 홀로 숯을 구우며 살아가는 숯쟁이도 이를 알고 있습니다. 숯쟁이 중에서도 사람들 속에서 활동적으로 생활하는 사람이 있습니다. 그들은 그저 숯이 구워지기를 기다리며 아궁이에서 흘러나오는 연기만 멍하니 바라보지는 않습니다. 숯이 구워지는 동안 산 아래로 내려가서 숯을 비싸게 구입해줄 사람을 찾아 열심히 돌아다닙니다. 그렇게 돌아다니다가 새로운 계약을 맺을 수도 있고, 이전에 맺은 불리한 계약을 취소할 수도 있습니다. 활동적인 숯쟁이에게는 계약을 따내는 일이 그 무엇보다 재미있는 일입니다. 게다가 숯을 구워서 파는 일이 생계를 위한 일이기 때문에 그 일을 게을리하면 자신의 생계가 위태로워진다고 생각할지도 모릅니다. 그러니 더더욱 산속에만 틀어박혀 있을 수는 없는 노릇입니다.

한편 숯쟁이 중에서는 좀처럼 산 아래로 내려오지 않고 단골손님에게만 예전에 맺은 계약 그대로 숯을 판매하는 사람도 있을 테지요. 이는 성격 때문이기도 하겠지만 인생에 관한 생각이 확고하기 때문이기도 합니다. 겉으로 볼 때 별 생각 없는 것처럼 보이는 사람이 오히려 더 계획적이고 활동적으로 생활하고 있을지도 모릅니다.

비교론을 통해 알 수 있는 사실은 처음부터 고독한 생활을 좋아하는 사람은 없다는 것입니다. 고독한 생활이라고 해서 다 같지는 않겠지만, 제가 생각하는 고독한 생활은 번

잡한 사회생활을 견디지 못한 사람이나 사회생활에 회의를 느낀 사람이 추구하는 생활입니다. 그들은 고독한 삶이 천국이라고까지는 생각하지 않지만, 적어도 복잡한 현실에서 부대끼며 사는 것에 비해 편안하다고 생각합니다. 따라서 그들에게 고독한 생활은 동경의 대상입니다.

인간은 홀로 살아갈 수 있는 생물학적 조건을 전혀 갖추지 않았습니다. 즉 인간이 완전히 홀로 살아간다면 더 이상 인간이라고 부를 수 없을 것입니다. 원시인은 동료가 없었을까요? 인간이 사회생활을 시작하기 전에는 개개인이 따로따로 생활했다고 합니다. 하지만 혼자서 자신의 감각에만 의지한 채 살아가기는 힘들었습니다. 관념을 만들고 그것을 서로 공유하며 살아가는 것이 유리하다고 인식하면서 비로소 동료의 존재를 깨달았다고 할 수 있습니다. 인간은 아무리 과거로 거슬러 올라가 생각해봐도 동료 없이는 살아갈 수 없는 존재입니다.

따라서 고독한 생활을 동경하더라도 그것은 완전히 혼자만의 생활이 아닙니다. 완전히 혼자 생활하는 것을 동경하는 사람이 있다면 그는 인간적인 삶을 포기한 것이라 해도 과언이 아닙니다. 홀로 살고 싶다는 충동은 힘든 일이 생길 때마다 불쑥불쑥 솟구쳐 오르지만 아무리 원해도 이루어질 수 없는 일입니다. 일시적인 감정의 파도에 휩쓸려 동경만 할 뿐입니다.

하지만 홀로 사는 것에 가까운 생활이라면 이야기가 달라집니다. 산속의 나무꾼이나 외딴섬의 등대지기는 남의 눈에 잘 띄지 않습니다. 사람이 사무치게 그리워 잠깐 속세로 나왔을 때 겨우 그의 존재를 알아차리겠지요.

살다 보면 때로 홀로 작은 배를 타고 바다를 건너서 외딴섬으로 갈 수 있는 용기와 자신감이 필요합니다. 그럼으로써 자신의 진정한 모습을 찾을 수도 있습니다. 만약 이것이 가능한 사람이라면 만반의 준비를 하고 산속이나 외딴섬으로 가서 홀로 삶을 꾸려나갈 수 있을 것입니다. 그 후에 다시 시끌벅적한 세상으로 나올지언정 은거 생활을 시도해볼 것입니다. 이게 제가 앞서 말한 중용의 고독입니다.

만약 젊은 사람이 사회에 불만을 품고 홀로 살아가고 싶어 한다면 사회 혐오자로 취급당할 것입니다. 하지만 그들을 무조건 배척해서는 안 됩니다. 그들에게 일자리를 제공한다면 분명히 잘해낼 것입니다. 나이가 많든 적든 고독한 생활을 동경하는 사람이 있다면 그를 따뜻하게 받아들이는 아량이 필요합니다.

또한 혼자 살고 싶어 하는 사람은 오히려 사회에서 인정받고 싶어한다는 모순을 품고 있을 수도 있습니다. 당연한 이야기이지만 정말로 홀로 떨어져 살면 고독은 한층 더해질 뿐입니다.

그러니 갑작스러운 변화를 실행하는 것은 삼가야 하지 않을까 싶습니다. 고독해지고 싶어서 집을 팔거나 가재도구를 정리하는 일은 다시 생각해볼 문제입니다.

과감하게 고독한 삶을 계획한다는 것은 그만큼 자신의 내면에 귀 기울일 능력이 있다는 점을 증명합니다. 그렇지 않다면 고민 끝에 내린 결론이 마음속의 소망과 다르게 나왔겠지요. 그러므로 잠깐만이라도 내면에 집중해 자기 자신과 마음을 터놓고 이야기를 나누기 바랍니다. 아무도 알아차리지 못하는 자신의 내면에서, 아무에게도 비난받지 않는 손쉬운 방법으로 가장 깊은 고독에 빠져들 수 있을 것입니다.

저는 비교적 축복받은 삶을 살아왔기 때문에 제가 원할 때 산을 찾아 혼자 고독을 즐길 수도 있었고, 호수로 홀로 여행을 떠날 수도 있었습니다. 그렇게 자연에 의지해 활력을 찾았습니다. 그때를 생각하니 제가 고독해질 때마다 찾았던 장소들이 떠오릅니다. 그곳에서 저도 잘 몰랐던 제 모습, 누구에게도 보여주지 않았던 제 모습, 누군가가 알게 되면 난처할 만한 제 모습을 만날 수 있었습니다. 남에게 공개하기 부끄러운 모습이지만 저는 그 모습을 고치려 노력하지 않습니다. 그 모습도 저라는 것을 인정합니다.

경험에
대하여

저는 지금까지 대단한 일을 해오지는 않았지만 나름 다양한 경험을 하면서 살아왔습니다. 그 경험은 오로지 저만의 것이기에 더욱 소중합니다. 이는 비단 저만의 생각은 아닐 것입니다. 이 기회를 통해 돌이켜보니 경험의 질과 양은 나이와 비례하지 않습니다. 저보다 나이가 많은 사람보다 제 경험이 적다고 할 수 없으며 저보다 나이가 적은 사람보다 제 경험이 많다고도 할 수 없습니다. 예를 들어 같은 지역에 살고 있다고 해도 개개인이 처한 상황이 각각 다르므로 경험의 내용과 깊이는 비교할 만한 성질의 것이 아닙니다. 만약 자신이 평범한 삶을 살고 있기 때문에 삶의 경험도 평균에 머무를 수밖에 없다고 생각하는 사람이 있다면 이런 말을 해주고 싶습니다. 그것은 자신을 대단하게 보이려고 안간힘을 쓰는 것과 마찬가지로 어리석은 일이라고 말입니다.

인간은 조직적인 동시에 개별적이고 개인적인 존재입니다. 그러므로 다양한 삶의 집단에서 조금 앞서 나가거나 뒤처지는 것에 대해 너무 민감할 필요는 없습니다. 1등을 하기 위해 필사적으로 경쟁하지 않았으면 합니다. 이것이 우리가 진정 바라는 삶 아닐까요?

인간은 개별적인 삶을 존중받기 원하면서도 남들과의 공통점을 발견했을 때 기쁨을 느낍니다. 저는 이 점에 대해서 오랫동안 생각해왔습니다. 개별적인 삶을 지향하는 인간이 공통된 경험을 소중히 여기고 때로는 갈구하는 이유가 무엇인지 궁금했기 때문입니다. 지금부터는 서로의 공통점을 발견하고 그에 대한 이야기를 함께 나눌 때의 자세에 대해 말하고자 합니다.

우리는 두 사람(혹은 그 이상이라도 상관없습니다)이 서로의 공통된 경험에 대해 이런저런 대화를 나누면서 이야기가 잘 통한다고 기뻐하는 경우를 종종 보게 됩니다. 특히 천재지변으로 인한 재해나 전쟁 같은 엄청난 경험을 공유한 이들의 공감대는 상상을 초월합니다. 지진이나 전쟁을 경험하면서 각자가 느낀 정신적 고통을 공유하는 것은 그 자체만으로 매우 중요합니다. 무엇보다 서로의 아픔에 깊이 공감한다는 사실이 대화를 나누는 이들의 마음을 단단하게 이어줍니다. 저는 그 과정에서 특별한 에너지가 솟아난다고 생각합니다.

흥미로운 것은 괴로웠던 일도 일정 기간이 지난 후 경험담의 소재가 되면 즐겁고 재미있는 이야깃거리로 변한다는 사실입니다. 밤새 고열에 시달렸던 경험, 수술 후에 통증으로 괴로워하며 좀처럼 잠들지 못했던 경험 등은 더욱더 재미를 더합니다. 물론 그것을 이야기하는 사람은 고통을 즐겼거나 즐거운 것이라고 생각하지는 않을 것입니다. 머릿속에 남아 있는 기억은 고통스러웠던 경험이며 시간이 지난 뒤 떠올려도 고통은 고통일 뿐이라고 이야기합니다. 그런데 놀랍게도 고통스러웠던 경험을 이야기하는 두 사람의 대화에서는 고통스러운 감정이 묻어 나오지 않습니다. 과

거의 고통스러웠던 경험에 대해 함께 이야기 나누는 사람들 사이에는 그것을 경험하지 않은 사람은 느끼지 못하는 공통의 정서가 교류되는 것입니다.

한번은 같은 경험을 한 사람들이 모여 이야기를 나누는 모습을 보다가 문득 이런 생각이 들었습니다. '지금 저 사람들이 진심으로 즐거워하는 것일까, 아니면 예의상 즐거워하는 것처럼 행동하는 것일까?' 이런 생각을 하게 된 이유는 아마도 두 사람이 이야기가 잘 통한다기보다 상대방의 기분을 맞춰주려고 한다는 느낌을 받았기 때문으로 기억합니다. 그것은 서로 공감하는 것이 아니라 각자 자기 연민에 빠진 것처럼 보여 씁쓸했습니다.

물론 이야기가 잘 통하지 않아도 상대방의 이야기에 열중할 수는 있습니다. 자신의 경험과 상대방의 경험이 완전히 일치할 때만 이야기가 잘 통하는 것은 아니니까요. 하지만 그 모습은 서로의 이야기에 열중하는 것이 아니라 자신의 이야기에 열중하는 것 같은 느낌을 줍니다.

이야기를 나눌 때 예의가 필요하다는 것은 누구나 인정

합니다. 그런데 저는 가장 중요한 예의는 경청이 아니라 공감이라고 생각합니다. 공감은 어떤 경험에서 느낀 기쁨 혹은 아픔이 서로 같다는 전제하에 가능합니다.

이쯤에서 조금 짓궂은 분석을 해보고 싶습니다. 예를 들어, 심한 통증을 겪었던 경험에 대해 서로 이야기하면서 각자 상대방보다 자신이 경험한 통증이 한층 심하다는 생각을 하고 있다고 해볼까요. 이는 서로 즐겁게 이야기하지만 처음부터 마음속에 비밀을 숨기고 있다는 뜻입니다. 다시 말해 언뜻 이야기가 통하는 것처럼 보여도 사실은 각자 자신의 생각을 숨긴 채 예의를 차리고 있는 셈입니다.

이처럼 남의 이야기를 듣거나 함께 이야기할 때 지나치게 예의를 갖추다 보면 감정을 솔직히 드러내지 않게 됩니다. 그러면 이야기하면서 피로해지고 점점 말이 줄면서 이야기 소재가 금방 떨어지게 됩니다.

경험이나 감정을 공유하는 일은 자칫 잘못하면 이런 식으로 예의라는 가면을 쓰게 됩니다. 사람들은 그 가면 뒤에 숨어 상대방과의 차이점을 뽐내고 싶어 합니다. 예의를 차리는 것이 나쁘다는 것이 아닙니다. 예의는 인간이 생활하는 데 없어서는 안 되는 것입니다. 하지만 경험을 공유하는 일에 예의가 잘못 끼어들면 의도하지 않아도 상대방을 속이게 됩니다. 예의를 차리다 보면 솔직해지기 어렵습니다.

경험이 쌓이면 지식이 됩니다. 그리고 인간은 지식을 쌓기를 원합니다. 그런데 지식이 쌓이는 과정과 갖고 있는 지식은 사람마다 각각 다릅니다. 표면적으로 똑같아 보이는 지식도 사람에 따라 차이가 있습니다. 지식에는 여러 가지 측면이 있기 때문입니다.

빵 굽는 법을 알고 있는 사람은 필요한 재료가 주어지면 모두 똑같은 빵을 만들 수 있습니다. 하지만 빵 만드는 방법을 어떤 식으로 알게 되었는지는 개인마다 차이가 있습니다. 빵을 만드는 이유도 다르고 빵 만드는 과정을 배운 방법도 다릅니다. 또한 그 지식을 얻기 위해 얼마나 많은 사람의 도움을 받았는지도 다 다릅니다. 그러므로 알고 있는 지식역시 각자 천차만별이라고 할 수 있습니다.

이렇게 생각하면 이 세상에 똑같은 사람은 하나도 없다는 점을 자연스럽게 깨닫게 됩니다. 사회 제도나 법률상의 세세한 규정도 누가 만드느냐에 따라 달라집니다. 인간 사회의 규칙은 다양한 방법으로 만들 수 있습니다. 사회 전체가 그 규칙을 따르는 데 얼마큼의 희생이 필요한지가 문제될 뿐입니다.

고백에
대하여

저는 '고백'이라는 말을 들으면 먼저 아우구스티누스의 《고백록》이나 루소의 《고백록》이 떠오릅니다. 그다음 일기와 편지가 생각나고요. 일기가 자기 자신에게 하는 고백이라면 편지는 타인에게 하는 고백이라고 할 수 있습니다.

문학가는 고백의 형식을 빌려 글을 쓰기도 합니다. 그러므로 고백은 일종의 문예 양식이기도 합니다. 또 인간은 남에게 고백을 하고 싶어 하는 경향도 있는 것 같습니다. 아우구스티누스나 루소의 책은 인간이 어떤 형식으로든 늘 고백하고 싶어 하고 실제로도 고백하는 것을 즐긴다는 사실을 보여주는 예입니다.

고백은 참회와는 좀 다릅니다. 고백은 마음에 담아두고 있는 것을 상대방에게 전하는 행위입니다. 사랑을 고백할 수도 있고 잘못을 고백할 수도 있지요. 반면 참회는 부끄러워하며 뉘우치는 행동입니다. 무언가를 스스로 밝힌다는 점은 같지만, 아무래도 참회가 더 큰 용기를 필요로 하기 때문에 더 거창하게 느껴집니다.

여러분은 고백을 자주 하는 편인가요? 속마음을 자주 털어놓는 편인가요? 앞서 말했듯 고백은 마음에 담아둔 비밀을 누군가에게 밝히는 행위입니다. 따라서 고백하기 전에는 어쩔 수 없이 혼자 비밀을 간직하게 됩니다. 고백하는 일도 쉽지 않지만 마음에 담아두는 일도 고백하는 것만큼 어렵습니다. 우리는 보통 더 이상 숨기기 괴롭고 힘들 때 고백을 하게 됩니다. 그럼으로써 타인에게 위로받으려는 심정도 있을 것입니다.

그런데 고백을 하고 나면 예기치 않은 상황이 생길 것 같아 두렵기도 합니다. 상대방이 어떻게 반응할지 몰라 두렵고 그로 인해 어떤 일이 생길지 몰라 두렵습니다. 그래서 고백하기 전에 잠 못 드는 나날을 보내기도 하고, 수백 수천

번 생각을 거듭하고 다양한 경우의 수를 생각하면서 망설이게 됩니다.

고백을 해야 할지 고민하는 이에게 이런 말을 해주고 싶습니다. 아기 새가 처음으로 하늘을 날려고 할 때는 불안하지만 눈 딱 감고 날개를 펼치면 의외로 쉽게 날 수 있다는 사실을 금방 깨닫습니다. 물론 실패할 수도 있습니다. 하지만 실패를 두려워하면 영영 아무것도 할 수 없습니다.

물론 개중에는 무엇이든 말로 표현하는 것을 즐기고 잘하는 사람도 있을 것입니다. 하지만 그렇지 못한 저로서는 그런 사람도 겉으로 보기에만 그럴 뿐이고 실제로 마음속에 숨겨둔 것이 있는지는 본인만이 알 뿐이라고 생각합니다.

이야기를 하다 보니 떠오르는 사람이 있습니다. 고백하는 것이 평생의 일이었던 스위스 철학자 아미엘입니다. 그는 1847년부터 1881년까지 장장 34년이라는 긴 시간을 일기 쓰는 데 보냈습니다. 1만 7천여 페이지에 달하는 그의 일기는 《아미엘의 일기》로 출간되어 세상에 알려졌습니다. 아미엘은 어려서 부모를 잃고 외롭게 자랐습니다. 대학 졸업 후 철학 교수가 되었지만 학자로서 주목받지 못했습니다. 또한 평생 독신으로 살며 병마에 시달렸습니다. 그렇지만 인간과 세상에 대한 사색을 게을리하지 않았습니다. 그의 일기에는 치열했던 그의 정신세계와 가치관, 그가 겪은 일상·인간·사랑·고독·행복·죽음에 관한 깊이 있는 고뇌가 담겨있습니다. 그러므로 그의 일기는 사색의 기록이자 고독한 삶에 대한 고백입니다. 그에게 종이와 펜을 뺏는 일은 아마 그를 가장 잔혹하게 죽이는 일일 것입니다. 그는 자신의 일기에 관해 다음과 같이 기록했습니다.

산다는 것은 원래의 자신을 변화시키는 것이다. 매일매일 새로움을 맛본다. 다시 말해 어제를 산 내가 아침이면 다시 원점으로 되돌아간다는 것이다. 일기는 고독한 인간의 위안이자 치유다. 매일 기록하는 이 독백은 일종의 기도라고 할 수 있다. 영혼과 내면의 대화, 신과의 대화다. 일기는 나를 치유하고 혼탁에서 벗어나게 해준다. 일기는 자기(磁氣)처럼 평형을 되찾게 한다. 일기는 일종의 의식적인 수면이며 잠재된 행동이다. 의욕도 긴장도 모두 멈춘 채 우주의 질서 속에서 평화를 갈구한다. 그렇게 함으로써 유한의 껍질에서 벗어나간다. 일기를 쓰는 행위는 펜을 든 명상이다.

일기에 대한 그의 생각은 결코 간단하지 않습니다. 그의 고독한 삶과 철학을 이해해야만 비로소 제대로 이해할 수 있습니다. 아미엘의 일기는 그가 세상을 떠난 후 사람들에게 알려졌습니다. 그는 일기에서 '남에게 보이기 위해 쓴 것이 아니라 내 마음을 진정시키고 추억의 실마리로 삼기 위해 쓴 것'이라고 말합니다. 그런 면에서 그의 일기는 가장 거짓이 없는 기록일 것입니다.

일기뿐 아니라 편지도 고백의 형식을 띱니다. 물론 편지에 반드시 당사자의 진실한 마음이 담겨 있다고는 할 수 없습니다. 하지만 다른 문학 형식과 비교하면 편지는 고백에 가깝습니다. 일기든 편지든 마음을 표현하는 데는 기술이 필요합니다. 자신의 심정을 있는 그대로 표현하는 것은 가장 어려운 일이며 이를 완벽히 해낼 수 있는 사람은 없다고 해도 과언이 아닙니다. 표현의 기술에 정답이 있는 것은 아닙니다. 내적 생활의 기쁨을 전하려는 경우에도, 절절한 마음을 나타내려는 경우에도 각각의 상황에 맞게 적절한 효과를 얻으려면 가장 좋은 표현을 사용해야 합니다.

또한 그 형식에도 다른 사람이 흉내 낼 수 없는 독창성이

녹아 있어야 합니다. 그런 의미에서 우리가 일기를 쓰면서 상황에 맞는 표현을 고를 때 예술가의 고심을 어느 정도는 경험하게 됩니다. 이 고심의 역할이 매우 중요합니다. 일기를 쓰면서 알게 모르게 마음을 위로받게 되는 것도 그 고심이 어느 정도 카타르시스로 작용하기 때문이지요. 아무런 고심 없이 쓰는 일기는 치유 역할도 하지 못하고 위안을 주지도 못할 것입니다.

아미엘이든 루소든, 또는 어느 학생이 서툴게 쓰는 일기든 상관없이 일기에 아무리 큰 고뇌가 담겨 있어도 일기를 쓰는 것은 매우 즐거운 일입니다. 또한 일기는 내용을 떠나 일기를 쓰는 사람의 심정이 자연스럽게 글을 통해 전달된다는 점에서 모두 동일한 가치를 지닙니다.

글쓰기는 말하기와 달리 충분한 여유가 있습니다. 글을 쓰다가도 다른 일에 흥미가 끌리면 얼마든지 미루어두었다가 나중에 다시 쓸 수 있습니다. 또한 글을 쓸 때는 절박한 심정을 격정적으로 토로할 때도 상대방을 배려하는 표현의 기술을 적용합니다. 그 때문에 사랑 고백을 할 때는 직접 말로 하기보다는 편지 형식을 빌리기도 하는 것입니다.

거짓에
대하여

살다 보면 약간 꺼림칙하지만 거짓말이 필요한 상황이 있습니다. 보통 이런 것을 선의의 거짓말이라고 합니다. 악의를 갖지 않고 남을 돕거나 배려하기 위해 어쩔 수 없이 하는 거짓말을 뜻하지요. 진실이 아닌 거짓을 말하는 것이 결코 옳은 일은 아닙니다. 하지만 저는 거짓말이 필요한 상황이 있다고 생각합니다. 사회가 복잡해지면서 이른바 거짓말의 효용이 생겨났다고 할까요?

거짓말의 복잡성을 말하려는 것이 아닙니다. 여러분과 시인의 거짓말에 대해 생각해보고자 합니다. 좀 냉정하게 들릴지 모르겠지만 요즘 우리 사회는 거짓으로 점철된 시가 사람들에게 인정받으며 묘하게도 그 시를 통해 거짓말이 전파되고 있습니다. 이 기묘한 현상에 대해 함께 생각해 보고자 합니다.

물론 시는 문학작품이며 상상력의 산물임에 틀림없습니다. 즉 문학은 허구이므로 시인은 사실만을 말하지 않고 상상의 나래를 펼칠 수 있습니다. 그러나 문학이 허구이기 때문에 거짓말을 해도 괜찮을까요? 제 말이 시라는 아름다운 문학작품에 멋없는 논리를 대입하는 것으로 들릴 수 있습니다. 하지만 오늘날 시가 미치는 영향을 생각한다면 꼭 한번 생각해봐야 할 문제입니다.

"시인은 거짓말을 너무 많이 한다"라는 옛 속담이 있습니다. 이 말은 아테네의 정치가 솔론의 이야기에서도 등장합니다. 또한 《차라투스트라는 이렇게 말했다》에 나오는 문구이기도 합니다. 머나먼 옛날 그리스의 시인들 사이에 널리 퍼져 있던 거짓말과 요즘의 시인에게서 느껴지는 거짓말은 차이가 있을 것입니다. 하지만 둘 다 거짓이라는 점은 같습니다.

시인뿐만 아니라 누구나 거짓말을 하는 것은 좋은 일이

아니라고 생각합니다. 경우에 따라서는 도저히 용서할 수 없는 일이기도 합니다. 더구나 그리스 시대에 시는 일종의 가르침이었습니다. 읽는 이에게 도덕적, 철학적 지식을 설명하거나 종교적 강령을 전달하는 것이 시의 목적이었습니다. 플라톤은 문학예술이 도덕, 이성, 절제, 용기, 성실과 같은 미덕을 실천하는 교훈을 주어야 한다고 주장했으며 진리를 말하지 않는 시인은 필요 없다며 시인 추방론을 주장하기도 했습니다.

그런데 요즘에는 시인의 거짓말에는 별 신경을 쓰지 않는 듯 보입니다. 아마도 시는 계산하거나 측정하거나 나사로 조이거나 달구는 대상이 아니라고 생각하기 때문일 것입니다. 그 결과 논리적으로 또는 과학적으로 거짓인 시가 별 비판을 받지 않고 오히려 사랑받는 경우가 많아졌습니다. 좀 거친 예일 수 있지만 만약 어느 시인이 바위가 자갈이 되는 것처럼 자갈이 바위가 된다고 표현한다면 문제가 되지 않을까요? 바위는 오랜 세월 동안 풍화되거나 무너지며 쪼개져서 자갈로 변하는데, 반대로 자갈이 바위가 되는 것은 불가능합니다. 그런데 시인이라는 이유로 '자갈이 바위가 된다'고 표현해도 만인에게 인정받는다면 문제라고 할 수 있지 않을까요? 또한 시인은 "신이 인간을 질투한다"라는 표현을 자주 씁니다. 이 역시 누가 봐도 거짓입니다. 신이 인간을 질투하려면 인간이 신의 능력을 넘어선 행동을 해서 신만큼 우월한 존재가 되었을 때 가능한 일입니다. 신의 존재를 인정하는 한 이것은 불가능한 일입니다.

이런 제 표현이 앞서 언급한 것처럼 문학적 표현에 멋없는 논리를 대입하는 것이라 여겨질 수도 있습니다. 그러나 시의 상상력 또는 문학의 허구성과 시의 뜻에 담긴 거짓은 분명 다른 영역입니다. 시에는 작가의 이상과 이념이 담겨야 합니다. 시인 자신도 모르는 사이에 마음속에서 자신이 품고 있는 사상이 우러나오는 것이 바로 시입니다. 침묵할 수 없어서 표현하고야 마는 진실이 바로 시입니다. 시는 원래 그런 것이라고 생각합니다. 그렇기 때문에 시를 읽으면 작가의 진정한 목소리를 들을 수 있습니다. 작가의 생각이 담긴 시는 아무리 조잡해도 읽으면 즐겁습니다.

그렇다고 모든 시가 시인의 솔직한 고백이어야 한다는 것은 아닙니다. 자신의 사상을 문학적으로 전달하기 위해서라면 어떤 표현도 괜찮습니다. 중요한 것은 시에 거짓 사상을 담아서는 안 된다는 것입니다. 작가가 자신이 경험하지 않은 것을 작품으로 쓰는 것은 보편적인 일입니다. 이는 시뿐만 아니라 모든 문학작품과 예술작품이 마찬가지입니다. 즉 시인을 비롯한 예술가는 자신이 경험하지 않은 일을 작품에 담을 수 있습니다. 그러나 그 선을 넘어 시에 그릇된 사상이나 진실하지 않은 주장을 담아서는 안 됩니다. 거짓 사상이 담긴 시에는 진정성이 없습니다.

작품이 완성되는 순간 시는 작가 곁을 떠납니다. 그때에도 홀로 생명력을 지닌 작품은 훌륭한 작품입니다. 그러나 그 작품에 거짓이 있다면 생명력을 기대할 수 없습니다. 작품에 담긴 거짓이 언제까지고 덮어지지는 않습니다.

또한 시는 다른 작품을 모방할 경우 금세 알 수 있는 장르입니다. 소재가 아무리 다양하더라도 시라는 형식에는 한계가 있기 때문입니다. 우리가 자주 읊는 시 중에는 다른 작품을 모방한 시가 많습니다. 심지어 작가의 마음가짐까지 모방한 경우가 종종 있습니다.

한번은 누가 봐도 헤이안 시대를 연상시키는 시를 읽은 적이 있습니다. 궁금해서 지은이를 확인해보니 헤이안 시

대 사람이 아니었으며, 헤이안 시대의 생활양식으로 살아
가고 있지도 않을 뿐 아니라 그 시대를 그리워하지도 않는
사람이었습니다. 그런데도 그의 시에서는 헤이안 시대의
정서가 강렬하게 느껴졌습니다. 이것을 어떻게 이해해야
할까요? 만약 그가 그 시를 지을 때만 헤이안 시대를 동경
했다고 해도 의문은 남습니다. 그가 왜 그런 시를 지었는지
확인할 수는 없지만 진정성이 느껴지지 않는 시에서는 감
동을 느낄 수 없습니다. 모든 시에 새로운 내용, 새로운 형
식을 요구할 수는 없지만 시를 짓는 순간만큼은 진실해야
합니다.

저는 여기에 시를 주제로 시인에게 약간 폐가 될 글을 썼
습니다. 그만큼 시가 우리에게 주는 영향이 크기 때문이라
고 이해해주길 바랍니다. 거짓을 거짓이라고 알아차린다면
그 순간은 약간 불쾌하더라도 거짓을 피할 수 있습니다. 그
런데 만약 거짓을 알아차리지 못한다면 그보다 두려운 일
은 없을 것입니다.

감각에
대하여

저는 감각에 대해 자세히 설명할 자격은 없습니다. 감각
이란 눈, 코, 귀, 혀, 살갗을 통해 외부의 어떤 자극을 알아차
리는 작용을 하는데, 그것은 의학이나 해부학을 공부해야
만 정확히 알 수 있는 영역입니다. 하지만 우리는 늘 감각을
사용하기 때문에 이에 관심을 가질 수밖에 없습니다. 감각
에는 시각, 촉각, 청각, 미각, 취각, 압각, 통각 등 많은 종류
가 있습니다. 여기에서는 후각에 관해 주관적으로 생각해
보고자 합니다. 다시 말해 냄새에 관한 이야기입니다.

냄새라는 말을 들으면 우선 코가 떠오릅니다. 좋은 냄새

든 나쁜 냄새든 코를 통해 냄새를 맡을 수 있습니다. 그런데 자신의 콧속을 관찰하기는 어렵습니다. 코 구조상 육안으로 자신의 코 안을 들여다보는 일이 불가능하기 때문입니다. 때에 따라 다른 사람의 코를 보고 그가 맡고 있는 냄새를 느낄 수 있습니다. 마치 자신이 냄새를 맡는 것처럼요. 이는 감각 기관 중 코에만 해당하는 이야기가 아닙니다. 타인의 눈을 통해 우리는 내가 보지 못한 것을 보게 되며, 타인의 귀는 때로 내가 듣지 못한 것을 전해주며, 맛있는 음식을 먹고 있는 사람의 입을 보면 보고 있는 사람도 침이 고입니다.

후각은 감각 중에서 급이 낮게 평가되는 경향이 있습니다. 시각이나 청각에 비해 덜 중요하게 여기기도 합니다. 그래서 시각이나 청각은 후각에 비해 고등 감각으로 평가됩니다. 저는 이런 생각에 동의하지 않습니다. 감각 기관마다 역할이 다르다는 것은 인정하지만, 그 역할에 따라 고등 감각과 하등 감각으로 구별하는 것은 옳지 않다고 생각합니다. 물론 후각이 시각이나 청각에 비해 예술을 창조하는 데 기여하는 바가 적을 수는 있습니다. 그렇다고 후각이 예술과 전혀 관계없는 것은 아닙니다. 코는 4천 가지나 되는 냄새를 구별할 만큼 예민하고 섬세한 기관입니다. 또한 코가 냄새만 맡는 것은 아닙니다. 인간을 포함한 동물이 냄새를 맡거나 먹이를 찾아 헤매지 않을 때 코는 어떤 일을 할까요? 생명을 유지하는 데 반드시 필요한 호흡을 합니다. 그뿐 아니라 생리학자는 후각의 생물학적 기능으로 자기 보호 작용과 더불어 삶을 더 즐겁게 만들어주는 기능을 꼽습니다. 이 말을 듣고 나서 명상할 때 피우는 아로마 향과 절에서 맡았던 향내가 떠올랐습니다. 그런 향을 맡고 있으면 어느새 마음이 편안해지고 안정되곤 합니다.

지금 우리는 후각을 중심으로 감각에 대해 이야기하고 있습니다. 여기서 잠시 인간이 감각에 어떤 의미를 부여했는지 역사적으로 살펴보고자 합니다. 뇌가 발달하기 전에 인간은 감각에 의지해 중요한 판단을 내렸습니다. '춥다', '아름답다', '향기롭다'라는 판단뿐 아니라 행복과 불행에 관한 판단도 감각에 의지했습니다. 그렇기 때문에 행복과 불행에 대한 판단이 매우 명쾌하고 분명했습니다. 망설임이 없었습니다. 어쩌면 당시 사람들은 현대인보다 감각이 더 발달했을지도 모릅니다. 원시시대 사람들이 현대인보다 훨씬 냄새에 민감했을 수도 있습니다.

뇌가 발달할수록 인간은 감각에 의지하는 명쾌한 판단력과 서서히 멀어집니다. 그리고 마침내 이성이 등장하며 인간을 한 차원 높은 곳으로 끌어올립니다. 감각에 의존한 본능적 판단보다 이성에 의존한 판단을 시작하게 된 것이지요. 그 결과 이성은 감각과 차원이 다른 인간의 능력으로 인정받게 됩니다.

이렇게 인간은 감각보다 이성에 의지하면서 새로운 사색을 하게 됩니다. 감각에 의존하지 않고 이성적으로 행복과 불행, 선과 악을 판단하게 된 것입니다. 그러면서 예상하지 못한 일이 일어납니다. 감각으로 바라본 세상과 이성으로 바라본 세상이 완전히 다르기 때문에 인간은 혼란에 빠집니다. 마치 허공에 붕 뜬 것 같은 상태입니다. 이성이 현실에서 벗어나 붕 떠 있는 상태에서는 명쾌한 판단력이 사라집니다.

현실과 분리된 이성이 인간을 지배하는 상황에서는 감각을 통해 삶의 즐거움을 조금이라도 더 느끼려는 것이 어렵습니다. 어떻게 해서든 이성을 설득해서 현실로 되돌려

놔야 합니다. 그럴 때 비로소 인간은 감각을 고스란히 받아들일 수 있고, 그 다양한 감각이 우리의 삶을 더욱 풍요롭게 해줄 것입니다.

선망에
대하여

남을 부러워하는 사람은 마음이 불안합니다. 막연히 불안한 게 아니라 불안하게 만드는 분명한 대상이 있습니다. 예를 들어 자신이 원하는 것을 갖기 위한 구체적인 수단이 떠오르지 않을 때 그것을 갖고 있는 사람을 만나면 더욱 불안해집니다. 부러워하는 마음이 크면 클수록 대체로 자신에 대한 평가가 낮아집니다. 따라서 냉정하게 생각하면 선망은 우리에게 이로운 감정이 아닙니다.

선망의 대상은 대체로 사람입니다. 예를 들어 세계 일주가 꿈인 사람은 세계 일주를 한 사람을 부러워합니다. 반면 감정이 덜 발달된 어린아이들은 사람이 아닌 물건을 선망하곤 합니다. 기차가 되고 싶어서 기차 흉내를 내고 비행기가 되고 싶어서 손을 양옆으로 벌리고 뛰어다닙니다. 기차를 선망하던 아이는 자라면서 기차가 아닌 기차를 움직이는 기관사를 우러러보게 될 것입니다. 그 선망이 오래 지속된다면 철도 학교에 들어가기 위해 노력하겠지요.

선망의 대상은 자주 바뀔 수 있습니다. 세계 일주를 한 사람을 부러워하던 이가 하루아침에 좋은 집에서 사는 사람을 부러워할 수도 있지요.

어떤 사람을 부러워한다고 해서 꼭 그런 사람이 되고 싶은 것은 아닐 겁니다. 그 사람의 재산이 부러워서 선망할 수도 있고, 재능이 부러워서 선망할 수도 있습니다.

만약 선망의 대상처럼 되기 위해 노력한다면 선망은 우리에게 가장 이로운 감정일 것입니다. 그러나 대부분 선망의 대상을 그저 부러워하고 우러러볼 뿐입니다. 이것만으로는 현실에서 큰 변화가 일어나지 않습니다. 선망의 단계를 거쳐 욕망의 단계로 나아가야 선망의 대상처럼 되려고 노력하거나 선망하는 것을 갖기 위한 방법을 강구하게 됩니다.

그러나 대부분 선망은 선망의 단계에서 그치기 마련입니다. 선망의 대상이 매우 많을뿐더러 자주 바뀌기 때문에 선망이 욕망으로 변하는 경우는 드뭅니다. 만약 그렇게 되면 선망의 대상이 아니라 욕망, 희망, 목표 등으로 성질이 변한 것입니다.

여기서 선망의 대상에 대해 생각해보겠습니다. 대중에게 배우가 선망의 대상이 될 수 있습니다. 배우는 누군가에게 선망의 대상이 되고 싶어 합니다. 그래서 유명한 배우 주변에는 그를 선망하는 사람들이 모여들지요. 그런데 과연 그들이 선망하는 것이 배우일까요? 아니면 작품에서 배우가 연기한 역할일까요?

저는 어쩌면 이런 구분이 중요하지 않을 수도 있다고 생각합니다. 배우를 선망하는 사람은 그 배우가 맡은 역할과 진짜 모습을 구분할 수 있는 이성이 부족합니다. 선망이란 바로 그런 것입니다. 선망하는 사람은 자신이 그 대상처럼 될 수 있을지 없을지, 혹은 그 대상이 나에게 좋은 영향을 미칠지 나쁜 영향을 미칠지 판단하지 못합니다. 그리고 시간이 지나면 자연스럽게 선망의 대상이 잊히거나 다른 대상으로 바뀝니다.

한편 무언가를 선망하게 되는 우리도 다른 사람들의 선망의 대상이 되고 싶어 합니다. 하지만 선망의 실체를 알았다면 선망은 머무는 것이 아니라 지나가는 것이란 사실을 깨달았을 것입니다. 그러므로 선망의 대상이 되었다고 지나치게 과시하지는 말았으면 합니다.

질투에
대하여

질투는 사랑의 한 형태이므로 사랑을 전제로 합니다. 사전적으로는 부부 사이나 연인 사이에서 상대방이 다른 사람을 좋아할 경우에 지나치게 시기하는 감정을 의미하지요. 결국 사랑하는 마음이 없으면 질투심도 일어나지 않습니다.

사랑과 질투가 동전의 양면인 것처럼 사랑은 혼자서는 불가능한 특별한 감정입니다. 상대가 있어야 사랑이 가능하며 상대에게 사랑의 마음을 전달하거나 전달받아야 비로소 사랑이 시작됩니다. 만약 사랑을 단순한 감정으로 생각한다면 커다란 착각입니다. 또한 사랑은 대가를 바라지 않는다는 생각도 커다란 착각입니다. 사랑의 감정에는 자신도 모르는 사이에 어떤 교환 조건이 생깁니다. 사랑은 일방적인 것이 아니라 주고받는 감정이기 때문에 내가 사랑하는 만큼 사랑받고 싶고 인정받고 싶어집니다.

경험해봐서 알겠지만 사랑을 하면 마음의 안정을 찾는 일이 결코 쉽지 않습니다. 특별한 일이 없어도 하루에도 열두 번씩 마음이 흔들리고 출렁입니다. 그래서 질투심이 생기는지도 모릅니다.

질투를 저급한 감정으로 생각하는 경우가 많습니다. 보통 연애할 때 경쟁자가 있으면 질투하게 된다고 생각하는데, 반대로 질투라는 감정이 있기 때문에 경쟁자가 생기는 것이라고 생각할 수도 있습니다. 상관없는 사람을 경쟁자로 착각하거나 일부러 경쟁자를 만들기도 합니다. 이렇게 보면 질투가 저급한 감정일 수도 있지만 그 구조는 꽤 정교합니다. "질투에는 사랑보다 더 순수한 사랑이 깃들어 있다"라는 17세기 프랑스 작가 라 로슈푸코의 말처럼 질투에는 일반적으로 생각하는 것 이상의 고상한 면과 생각지도 못한 작용과 기능이 있습니다.

질투에 대해 깊이 고찰하려면 그에 수반되는 사랑이나 야심을 함께 생각해야 합니다. 디드로의 《백과전서》에는 "질투는 중국 여자의 발을 작게 만든다"라고 쓰여 있습니다. 아마도 전족 풍습을 설명한 것이겠지요. 질투가 한 민족의 풍습이 될 정도라니 대단하지 않습니까.

도덕적인 측면에서 볼 때 질투와 선망은 완전히 일치하지는 않지만 일맥상통하는 면이 있습니다. 그 차이점을 설명하기는 좀처럼 힘듭니다. 여러 사상가의 의견을 살펴봐도 모두 제각각입니다. 선망은 결국 질투로 바뀌는지도 모릅니다.

질투와 선망에 관한 사상가들의 다양한 의견 중 이런 것이 있습니다. "선망은 자신의 부족함을 자각하는 것이 우선이지만 질투는 그런 자기 비하가 없다." 질투는 어떤 것을 소유했다거나 혹은 그것을 소유할 수 있다는 자신감이 있어야 한다는 의미지요. 그러니까 '난 사랑받을 자격이 충분한데 왜 상대는 나를 사랑하지 않고 다른 사람을 사랑하는 것일까?'라는 마음이 질투입니다. 반면 '저 사람은 정말 아름답구나, 나도 저렇게 예쁘면 얼마나 좋을까?'라는 마음은 선망입니다. 이것도 분명히 일리 있는 설명입니다.

라 로슈푸코는 질투와 선망을 이와는 약간 다르게 설명합니다. "질투는 자신의 것이라고 생각하는 대상을 지키려는 일에만 신경 쓴다. 하지만 선망은 남의 것을 노리는 격렬한 감정이다." 이 역시 어떤 의미에서는 이치에 맞는 설명입니다.

질투와 선망, 이 두 가지를 구별해서 생각해보는 것은 흥미로운 일입니다.

공포에
대하여

여러분은 지금까지 어떤 것을 무서워했습니까? 특별히 무서운 것이 없었다는 사람도 있고 모든 것이 다 무서웠다는 사람도 있습니다.

인간은 사물을 경험에 근거해 판단할 때 자신의 형편에 따라 좋게 해석하는 경향이 있습니다. 특히 괴롭고 힘들었던 감정, 어떻게든 피하고 싶은 불쾌한 감정을 시간이 지나면 유쾌한 추억처럼 회상하기도 합니다. 이는 결코 괴롭거나 불쾌했던 일을 기억하지 못해서가 아닙니다. 시간이 지나면서 과거의 경험을 좋게 해석할 수 있는 여지가 생긴 것입니다. 이처럼 기억과 감정이 반드시 일치하지는 않습니다. 그런 점에서 '그때 생각만 하면 지금도 끔찍하다'는 말은 단순한 표현일 뿐 사실이 아닐 수도 있습니다. 그렇기 때문에 간혹 끔찍했던 기억을 편안하게 웃으면서 이야기할 수 있는 것이지요.

우리가 공포를 느낄 때 어떤 법칙이 작용하는지 궁금해집니다. 이에 대해서는 생리학자의 의견을 들어봐야겠지요. 생리학자는 다음과 같이 설명할 것입니다.

공포는 억압적인 정서이다. 인간에게든 동물에게든 분노와 함께 가장 강한 감정이다. 어린아이까지도 공포를 느낀다. 생리적 특징으로는 다음과 같은 것이 있다. 수의운동(척추동물에서, 의지에 따른 근육의 움직임-옮긴이)이 마비되어 움직임이 멈춘다. 따라서 내분비도 멈춘다. 식은땀이 나고 소름이 돋으며 심장이 경련을 일으킨다. 얼굴이 창백해지기도 한다. 이런 증상은 부신에서 분비되는 아드레날린의 작용 때문이다.

공포는 인간을 위협하는 존재나 해악으로부터 자신을 지

키기 위한 감정입니다. 그러므로 공포를 느끼는 순간 공포에서 벗어나려는 운동이 수반됩니다. 이 운동은 본능적인 것으로 적절한 타이밍에 이루어져야 하며 이를 위한 기교도 필요합니다. 공포의 대상이 자연이든 사람이든 마찬가지입니다. 하지만 그 점을 잘 알면서도 공포에 질리면 본능적으로 거기에서 벗어나려고 섣불리 행동하다가 오히려 위험에 빠지는 경우가 많습니다.

섣부른 행동이 좋은 결과를 낳을지 나쁜 결과를 낳을지는 아무도 판단할 수 없습니다. 특히 공포의 대상이 사람이 아닌 자연재해나 동물이라면 더욱더 알 수 없습니다. 갑작스럽게 큰 지진이 일어났다거나 산속에서 커다란 맹수를 만났다고 상상해보세요. 그런 경우에는 순간 당황해서 섣불리 행동하기보다는 차분히 대처하는 편이 유리합니다. 차분하다는 것은 가만있는 것과 다릅니다. 가만있는 것은 어쩌면 공포에 몸이 굳어버린 것일 수도 있습니다. 지진을 예감했다면 차분하게 대피하는 것이 현명한 대처입니다. 산에서 곰과 맞닥뜨렸다면 등을 보이지 말고 천천히 뒤로 걸으며 곰과의 간격을 넓혀가는 것이 현명한 대처일 것입니다.

누구나 무서워할 만한 상황에서 주변 사람들 모두 공포

를 느끼고 있는데 혼자 태연한 사람을 본 적이 있습니다. 그는 어쩌면 공포에 질린 모습을 보이는 것이 창피하다고 생각했을 수도 있습니다. 아니면 용기 있게 마음을 다잡고 공포심을 물리쳤을 수도 있습니다. 또는 절박한 상황에서 허세를 부리고 싶었는지도 모릅니다. 그런데 만약 공포에 질린 모습을 보이는 것이 창피해서였다면 그 마음을 고쳐주고 싶습니다.

공포는 병이 아닙니다. 감정을 병처럼 바라보는 시각도 있고 감정이 고조되면 확실히 병과 구별하기 힘들어지기도 하지만, 공포는 자연스러운 본능이므로 병으로 취급해서는 안 됩니다. 공포와 병은 차이가 매우 큽니다. 공포를 느껴야 할 때 느끼지 않는 것은 당연히 일반적이지 않습니다. 거듭된 경험을 통해 어떤 상황에서든 재빨리 적응하게 되었을 수도 있고, 합리적인 생각으로 공포를 억제했을 수도 있고, 아니면 공포를 덮을 정도로 다른 감정이 강해서 무서워하지 않을 수도 있습니다. 공포를 느끼지 않는 이유는 이처럼 다양합니다.

공포를 느끼지 않는 사람은 그 이유를 막론하고 대단한

사람으로 평가되기도 합니다. 하지만 공포를 느끼지 않아서 목숨이 위태로워진다면 이는 자살 행위나 마찬가지입니다. 이런 상태에 이르면 인간의 지혜도 결코 도움이 되지 않습니다.

분노에
대하여

어느 사상가의 말에 따르면 놀라움이 원인이 되어 공포가 생겨나고, 이 공포가 원인이 되어 분노가 생겨난다고 합니다. 분노란 분개하여 몹시 성을 내는 것을 의미합니다.

사실 분노는 비교적 단순한 감정이어서 흥미로운 점을 찾아보기 힘듭니다. 분노가 생겨났다가 사라지는 과정은 눈에 선명하게 그려집니다. 화를 냈다가 시간이 지나거나 화낸 이유가 해결되어 화가 가라앉는 과정을 상상하면 이해하기 쉽습니다. 반면에 슬퍼도 울지 않고 슬픔을 숨기는 사람, 아무리 기뻐도 표정과 행동에 변화가 없는 사람이 은

근히 표출하는 감정은 더 인간답고 복잡하며 흥미롭습니다. '이성과 감정의 싸움'이라는 말을 가장 잘 이해할 수 있는 때가 바로 이때입니다.

엄청 화가 났는데 화를 내지 않는 것은 화내는 방법을 몰라서가 것이 아니라 화를 꾹 참는 것입니다. 울고 싶은데 울지 않는 것도 마찬가지입니다. 그렇다면 왜 참는 것일까요? 여러 가지 이유가 있겠지만 가장 확실한 것은 화내거나 우는 것이 바람직하지 않다는 사회적 인식 때문입니다. 그래서 화가 나더라도 참는 것이 이해관계를 따졌을 때 덜 손해라고 판단하는 것이지요.

극단적인 예로 화가 나서 상대방에게 폭력을 휘두르면 내 손이 아픈 건 물론 폭행죄로 처벌받을 수 있으니 결국 내 손해입니다. 그렇다고 사람이 아니라 옆에 있는 물건을 치면 물건이 부서지겠지요. 그 물건이 자신의 것이라면 당연히 손해입니다. 남의 물건이라면 배상해주어야 하니 결국 손해인 것은 마찬가지입니다.

그러므로 화가 나서 상대방의 얼굴을 때리기로 작정했을 때에는 상대방 얼굴로 날아가는 주먹 끝에 똑똑한 '조종사'를 태워 보내야 합니다. 만일 상대방이 안경을 쓰고 있다면 조종사는 이를 알아차리고 안경을 때리지 않도록 조심해야 합니다. 후에 배상해야 할 안경 수리비를 걱정하지 않을 수 없으니까요. 여차하면 안경알 조각이 상대방의 눈을 찔러서 병원비를 물어줘야 할지도 모릅니다. 그러므로 조종사는 주먹이 상대방 얼굴에 도착하기 직전까지 머릿속으로 수많은 대비를 해야 합니다. 이것이 조종사의 역할입니다. 이 조종사의 역할을 이성의 힘이라고 말하는 사람이 있을지도 모릅니다.

그러나 이것은 이성의 힘이라기보다 사회적 제약이라고 할 수 있습니다. 사람 사이의 예의도 그 때문에 만들어진 것입니다. 인간이 살아가는 데 필요한 세세한 규칙도 사회생활의 조건으로 만들어졌습니다. 사회적 규칙은 언뜻 잊힌 듯 보입니다. 그런 규칙이 전면에 드러나는 일이 별로 없기 때문입니다. 이는 규칙이 힘을 발휘하지 못한다는 뜻이 아닙니다. 오히려 규칙이 사회 전반에 널리 퍼져 있기 때문에 굳이 모습을 드러내지 않는 것일 뿐입니다.

분노는 이처럼 참고 견딜 수 있습니다. 그런데 분노를 참으면 외부로 터져 나오지 못한 분노가 내면에 머물게 되고,

그 결과 내적 혼란이 일어나게 됩니다. 이런 혼란이 즐거운 사람은 없습니다. 만약 분노를 드러내지 않아서 즐거운 사람이 있다면 그는 분노를 표출하지 않기로 한 자신과의 약속을 지켰기 때문에 즐거운 것입니다. 이는 분노를 표출하는 것과는 또 다른 차원의 쾌락입니다.

분노가 내부로 향한다고 해서 약화되지는 않습니다. 오히려 외부로 드러내지 않기 위한 초조함이 분노를 강화시키고 그것이 점점 커져서 결국 마음을 갉아먹습니다. 생리학적으로 인간은 어차피 분노에 굴복할 수밖에 없습니다.

이처럼 분노는 참아내야 하는 부정적인 감정이 아니라 적절히 표출해야 하는 본능입니다. 그래야만 몸과 마음이 건강할 수 있습니다. 분노의 기능이 정상적으로 작동한다면 아마도 사람들은 지금과 달리 당당하게 분노를 표출하게 될 것입니다. 예를 들어 이유 없이 자신을 해치려 하거나 괴롭히는 사람을 보고 분노하는 것은 당연한 일입니다.

이처럼 당당하게 분노를 표출하려면 어떻게 해야 할까요? 분노를 효과적으로 전달해서 상대방을 제압하려면 어떻게 해야 할까요? 그 방법은 매우 간단합니다. 정말로 화를 내야만 할 때 분노를 표출하는 것입니다. 이 타이밍을 잘 못 선택하면 인간은 추악해지고 맙니다. 사실 대부분은 화가 났다는 사실을 상대방에게 정중히 알리는 것으로도 분노는 전달됩니다. 때로는 화내는 척만 해도 분노는 전달됩니다. 그러므로 화가 난 사실을 알릴 타이밍, 화내는 척을 할 타이밍, 분노를 당당히 표출할 타이밍을 잘 선택하는 것이 중요합니다.

증오에
대하여

"미움은 병이다"라고 처음 말한 사람은 데카르트입니다. 그러나 이런 생각을 처음 한 사람은 데카르트가 아닐 것입니다.

데카르트는 인간의 감정을 정념의 한 부분으로 보고 놀람, 사랑, 증오, 욕구, 기쁨, 슬픔 등 여섯 가지 정념을 제시했습니다. 그중 증오는 '어떤 것이 해로울 것이라는 지각으로부터 발생하며 해로운 것을 피하고자 하는 욕구'라고 말했습니다. 데카르트가 '미움도 병'이라는 단호한 정의를 내린 이유는 증오에 의해 일어나는 육체적 변화를 잘 알고 있었기 때문입니다. 그의 말에 따르면 감정은 늘 신체에 반사적으로 나타난다고 합니다. 한 예로 증오를 품으면 맥박이 얇아지고 빨라집니다. 가슴을 찌르는 듯한 뜨거운 오한을 느끼고, 위 기능이 정지되며, 구역질도 납니다. 또한 남을 증오하는 감정이 커질수록 얼굴의 주름살이 늘어나며 남을 원망하는 마음이 고운 얼굴을 일그러뜨린다고도 했습니다. 증오를 경험해본 사람이라면 데카르트의 말에 고개를 끄덕일 것입니다.

혈액이나 비장, 간의 변화는 스스로 알아차리기 힘들지만 증오라는 감정이 인체에 어떤 변화를 일으키는지는 금방 알아차립니다. 그리고 그것이 결코 건강한 현상이 아니라는 것쯤은 직감할 수 있습니다.

신체의 변화를 중심으로 살펴볼 때 증오의 원래 모습은 그렇습니다. 반면 사랑의 감정은 따뜻한 기운으로 인해 신진대사를 원활하게 합니다. 맥박이 고르며 보통 때보다 기운차게 움직입니다. 또 사랑의 감정이 위장 활동을 도와 소화 기능을 촉진합니다. 따라서 사랑의 감정은 무엇보다 건강에 좋다는 것이 데카르트의 설명입니다.

미움의 감정에 관해서는 자연철학자 엠페도클레스가 그 구조에 대해 잘 설명했습니다. 그는 물, 공기, 불, 흙이라는 4원소가 서로 합쳐져 하나가 되거나 서로 나뉘어 떨어지게 하는 힘이 '사랑'과 '미움'이라고 주장했습니다. 만물은 이 둘을 통해 태어나고 소멸합니다. 사랑은 4원소를 하나로 합치는 힘입니다. 잡아당기는 힘이지요. 미움은 4원소를 서로 떨어뜨리는 힘입니다. 존재를 해체하고 물리치는 힘이지요. 이렇게 엠페도클레스는 세계가 사랑에서 미움으로, 미움에서 다시 사랑으로 순환한다고 생각했습니다.

예를 들어 우리가 누군가를 미워한다고 합시다. 미움의 힘이 가장 크게 나타나면 물 입자는 물 입자끼리, 불 입자는 불 입자끼리 모여 있게 되며 미움이 지배하는 시기가 됩니다. 그러다 입자들이 다시 하나로 합쳐지면서 사랑의 힘이 커지는 시기가 옵니다. 이처럼 미움이 극에 달하면 사랑이 되고 사랑이 극에 달하면 다시 미움이 됩니다.

슬픔에
대하여

슬플 때 눈물이 나는 것은 왜일까요? 어릴 때는 자주 우는데 어른이 되면 왜 좀처럼 울지 않을까요? 여자가 남자보다 더 자주 눈물을 흘리는 이유는 뭘까요? 슬퍼서 흘리는 눈물과 감동받아 흘리는 눈물은 어떻게 다를까요? 통증이 심하면 왜 눈물이 나올까요? 눈물과 관련해 궁금한 점이 참 많습니다.

눈물이 나오는 상황도 매우 다양합니다. 슬플 때나 너무 기쁠 때뿐 아니라 너무 웃었을 때, 크게 하품했을 때, 최루액을 맡았을 때, 눈 안에 티끌이 들어갔을 때도 눈물을 흘립니다. '눈물 나게 고맙다'는 표현처럼 고마울 때도 눈물이 납니다. 이처럼 슬픈 일이 없더라도 우리는 자주 눈물을 흘립니다. 늘 조금씩 눈물이 나와서 눈을 적셔줍니다. 그리고 눈물이 코로 가면 증발해버립니다.

정신적인 감동도, 육체적인 고통도 그것을 경험하는 사람에게는 폭풍과도 같은 재난 상황입니다. 따라서 어떻게든 진정시켜야 합니다. 진정 작용을 위해 몸에서 만들어지는 것이 눈물입니다. 그런 의미에서 눈물은 자연으로부터 받은 진정제입니다. 울기 위해서는 실로 대대적인 신체 운동이 필요합니다. 먼저 눈물은 위 눈꺼풀에 있는 눈물샘에서 만들어져 안구를 적신 뒤 코에 있는 눈물소관으로 들어갑니다. 이후 코 윗부분의 눈물주머니에 모였다가 코눈물관으로 배출되지요. 이때 눈물량이 많으면 눈물소관으로 들어가기 전 눈에서 넘쳐 뺨으로 흘러내립니다.

눈물이 흐르면 표정에 변화가 생깁니다. 표정이 일그러지기도 하고 눈은 울고 있는데 입은 크게 웃을 수도 있습니다. 이렇게 한참 동안 울고 나면 슬픔이나 기쁨이 가라앉습니다. 만약 눈물이 없었다면 우리는 슬픔을 어떻게 진정시

켰을까요?

때로 슬픔이 너무 클 때는 눈물로 좀처럼 가라앉지 않기도 합니다. 이럴 경우 목 메어 우는 것을 오열이라고 합니다. 오열은 잠시 울고 나면 마음이 진정되는 것과는 좀 다릅니다.

눈물을 흘리든 오열하든 울 때는 얼굴이 찡그려진다는 사실을 누구나 알고 있습니다. 그래서인지 울음이 터져 나올 듯한 상황에서는 혼자 있고 싶어집니다. 다른 사람에게 우는 모습을 보이고 싶지 않기 때문입니다. 이는 단지 울 때 표정이 일그러져서가 아니라 왠지 약한 모습을 보이는 것 같아 그것을 숨기려는 것입니다. 남 앞에서 눈물을 보이기보다 감정을 참는 것이 미덕이라고 생각하는 경향도 있지요.

그 반대 상황도 있습니다. 사회적 존재인 인간은 때로 감정이 일어나지 않더라도 일어난 척해야 할 때가 있습니다. 마음으로 슬퍼하는 것을 넘어 충분히 슬퍼하고 있다는 것을 보여줘야 하는 상황에서는 손수건으로 입을 가리거나 눈물을 닦는 척해야 합니다. 우는 법을 배워야 하고 슬픔을 눈물로 표현해야 하는 상황이 씁쓸하기는 하지만 이것이 사회적 예의입니다.

조금 슬픈 현실이지만 요즘 사회는 슬픈 척, 우는 척, 기쁜 척, 화난 척해야 하는 일이 점점 늘고 있는 것 같습니다. 이러다 감정의 본래 모습을 잃어버리지는 않을까 걱정된다고요? 울고 싶어도 눈물이 나오지 않을까 봐 두렵다고요? 화가 나는데 그것을 표현하지 못할까 봐 염려된다고요? 제 생각에 그것은 기우인 것 같습니다. 슬픈 척해야 하는 상황도 많겠지만 우리 삶에는 정말로 슬픈 상황이 매우 많기 때문입니다. 화가 나는 상황은 더더욱 많습니다.

신기하게도 어린아이는 어른의 감정을 잘 꿰뚫어봅니다. 그다지 화가 나지 않았는데도 일부러 화난 표정으로 꾸짖으면 아이는 이미 눈치채고 무서워하지 않습니다. 그런데 어떤 때는 조금만 화를 내도 울음을 터뜨립니다. 이때는 정말로 화가 났다는 것을 알기 때문입니다.

이처럼 우리는 간혹 어린아이보다도 자신의 마음을 잘 모를 때가 있습니다. 바보 같은 이야기로 들릴지 모르겠지만 그것이 현실입니다. 자신을 돌보기 위해서는 먼저 자신을 잘 알아야 합니다. 그래야 슬픈 일이 덜 생깁니다.

가끔 저는 제 자신을 실험하기 위해 슬픈 연극을 보러 갑니다. 실제 상황이 아니라는 것을 알면서도 연극을 보면서 하염없이 눈물을 흘립니다. 그러면서 제 감성이 살아 있다는 것을 새삼 실감합니다. 물론 이것은 저만의 방법이지만 여러분에게도 권하고 싶습니다.

아름다움에
대하여

인간은 아주 오래전부터 아름다운 것을 접하면 기뻐했고 그 마음을 잊지 못해 더욱 아름다움을 추구했습니다. 어떤 대상을 봤을 때 아름답지 않으면 아무래도 관심이 덜 가게 됩니다. 반대로 아름다운 것은 멀리 있어도 알아보곤 합니다.

사람에 따라 같은 대상에 대해 아름답다고 느낄 수도 있고 아닐 수도 있습니다. 누군가는 아름답다고 생각하는데 누군가는 불쾌할 수도 있습니다. 이처럼 아름다움은 상대적인 것입니다. 심지어 같은 사람이 그 대상을 보는 시기에 따라서도 느낌이 달라집니다. 이는 비단 아름다움뿐만 아니라 다른 감정에도 적용되는 일입니다. 어제는 분명히 정당하다고 생각했던 일이 하룻밤 자고 일어나니 불합리하게 느껴질 수도 있습니다.

제 경험을 말하자면, 어느 날 넓은 들판을 걷다가 해 질 녘이 가까워지자 여러 가지 모양의 구름이 붉게 물드는 것을 보고 온몸이 투명한 쾌감으로 가득 찬 적이 있습니다. 그런데 어느 날은 똑같은 풍경을 보고도 아름답다는 생각이 전혀 들지 않았습니다. 오히려 광활한 자연과 거대한 우주가 떠오르면서 그 안의 점처럼 작은 존재인 인간을 생각하고 묘한 슬픔을 느낀 적도 있습니다. 그러나 아름답고 투명한 쾌감이 저를 감싸던 때가 더 강한 인상으로 남아 있습니다.

학문 중에는 우리가 느끼는 아름다움을 대상으로 하는 학문도 있습니다. 바로 미학입니다. 넓은 의미에서 철학을 말한다면 미학도 물론 철학에 포함됩니다. 미학을 학문으로 다루게 된 것은 그리 오래되지 않았습니다. 바움가르텐이라는 18세기 독일인이 《미학》이라는 두 권의 책을 내면서부터 시작되었습니다. 하지만 앞에서 말했듯이 아름다움은 아주 오래전부터 사람들의 마음을 사로잡았습니다. 다른 분야의 학문을 진지하게 연구했던 고대와 중세 사람들이 18세기에 이르기까지 아름다움에 관해 전혀 생각하지 않았을 리는 없습니다. 독립된 학문으로 자리 잡은 것은 아니었지만 이미 그리스인들은 아름다움에 관해 다양한 논의를 했습니다. 그 논의 내용은 결코 유치하지 않았습니다. 플라톤의 《대화편》과 아리스토텔레스의 《시학》을 보면 금방 알 수 있습니다. 이 두 권의 책은 미학사에서 특별한 위치를 차지합니다. 플라톤에게 미(美)는 시각적이나 철학적인 즐거움이 아닙니다. 진정한 미란 아름다운 대상 자체에 내재한 영원불변의 본질적 속성에 있습니다. 그래서 플라톤은 인간의 감각적 경험에 의한 예술은 그저 허구적인 모방에 불과하며 하찮은 것이라고 말합니다. 예술가는 미의 본질 자체를 바라보지 못한 채 가상의 아름다움을 만들어내는 향락자이자 모방자일 뿐이라고 말입니다. 이와 달리 아리스토텔레스에게 아름다움이란 그 자체로 가치 있으면서 즐거움을 주는 것입니다.

당시의 미학은 시론, 회화론, 건강론, 예술론과 섞여 있었습니다. 그리고 18세기 이후에 아름다움을 다루는 전문 학자가 나오기 시작했습니다.

저는 여기에서 제가 공부한 철학 개론이나 미학의 역사를 다룰 생각은 없습니다. 아름다움에 대한 철학적인 지식이 우리가 살아가면서 느끼는 소박한 아름다움에 대해 어떤 해답을 줄지 단언할 수 없습니다. 저 자신도 미학의 여러 문제를 깊이 공부하지 않았기 때문에 여러분에게 설명하거나 설득할 자신도 없습니다. 한 가지 말씀드릴 수 있는 것은 미학을 공부하지 않아도 창작 활동이 가능하다는 것입니다. 창작 활동을 하는 예술가가 반드시 아름다움에 관해 상세한 지식을 갖고 있다고는 장담할 수 없습니다.

'예술이란 무엇인가?', '예술의 목적은 무엇인가?' 하는 의문을 품기 시작한 사람도 예술가가 아닌 사상가였습니다. 어떤 사상가는 예술의 목적을 자연의 모방이라고 말했습니다. 예술에는 진리가 담겨 있다고 여기며 지금도 모방에 관한 논의가 활발하게 이루어지고 있습니다. 하지만 모든 예술의 목적이 모방이라고 하기는 어렵습니다. 또 다른 학설로는 어떤 것이 있을까요?

18세기 프랑스 사상가 볼테르는 약간 농담조로 다음과 같이 썼습니다.

아름다움이라는 것이 무엇인지 알려면 두꺼비에게 물어보라. 그러면 분명히 두꺼비는 작은 머리에서 둥근 두 눈을 내밀면서 '돌출한 두 개의 눈, 귀밑까지 찢어진 커다란 입, 노르께한 배, 갈색으의 등'이 아름답다고 대답할 것이다. 이번에는 흑인에게 물어보라. 그러면 흑인은 '반들반들하고 검은 피부, 움푹 들어간 눈, 납작코'가 아름답다고 대답할 것이다. 다음에는 악마에게 물어보라. 그러면 악마는 '두 개의 뿔, 갈퀴 같은 앙상한 손가락, 엉덩이의 꼬리'가 아름답다고 대답할 것이다.

볼테르는 이를 통해 아름다움은 상대적인 것이라고 지적했습니다. 다시 말해 주변 환경에 따라 아름다움의 기준이 달라진다는 뜻입니다.

우리가 아름다움을 판단하거나 예술 작품에 관해 이러쿵저러쿵 평가할 때는 일정한 규칙에 따르지 않습니다. 아름다움은 규칙이 아니라 예민한 감각에 의해, 혹은 각자의 취향에 의해 쾌감을 느끼게 해줍니다. 쾌감뿐 아니라 인간이 느낄 수 있는 최상의 즐거움까지 전달합니다.

아름다움은 예술 작품에서만 느낄 수 있는 것은 아닙니

다. 만약 몸이 아파서 약을 먹었다고 합시다. 그 약이 효과를 발휘해서 병이 나았다면 이 또한 아름다운 일입니다. 의사의 치료 행위 역시 아름다운 것이 될 수 있고, 수학의 증명도 정신적인 기쁨을 줌으로써 아름다운 것이 될 수 있습니다. 이런 마음은 미와 추, 선과 악을 분별하는 정신이기도 합니다. 이런 마음으로 아름다움을 판단하면 특정한 목적을 지닌 인간의 행위가 그 목적을 달성해서 효과가 발휘되었을 때 아름답다고 할 수도 있습니다. 의사의 치료로 병이 낫는 것, 약이 효과를 발휘하는 것 모두 똑같이 아름답습니다.

여기서 목적이라는 개념을 조금 더 살펴보겠습니다. 어떤 일이든 반드시 목적이 있기 마련이고 그 관계에서 아름다움이 생겨난다고 생각합니다. 인간의 몸은 살아갈 수 있도록 만들어졌습니다. 더 정확히는 건강하게 살고 영혼의 명령대로 움직이도록 만들어졌습니다. 이는 분명히 하나의 목적입니다. 그리고 이 목적을 달성하는 데 도움이 되는 것은 모두 아름답다고 여겨집니다. 정신적으로뿐 아니라 감각적으로도 아름답다고 할 수 있습니다. 여성은 여러 가지 장신구를 몸에 걸칩니다. 이는 단점을 감추기 위해서인 동시에 더 아름답게 보이기 위해서입니다. 하지만 그 목적을 잊어버리고 무턱대고 남의 패션을 모방한다면 원래 목적에서 벗어나 뒤죽박죽 조화를 이루지 못하고 우스꽝스러워집니다. 따라서 유행을 따르려는 자신의 목적을 잘 파악해야만 합니다.

이 외에도 아름다움에 관해 생각할 거리가 매우 많습니다. 예를 들어 예술에 관한 이야기도 있습니다. 게다가 예술에는 문학, 회화, 조각, 음악, 연극 등 여러 가지 분야가 포함됩니다. 그 모든 것이 어떤 역할을 하는지, 시인이 생각하는 아름다움과 화가가 생각하는 아름다움은 각각 어떤 과정을 거쳐 표현되는지, 우리는 예술가가 표현한 것에서 어떤 가치를 발견하고 어떤 기쁨을 맛볼 수 있는지, 아름다움에 관해 생각할 거리는 끊임이 없습니다. 하지만 그보다 더 중요한 것이 있습니다.

우리는 아름다운 것을 어떻게 발견할까요? 정말 아름다운 것이 무엇인지 알고 있을까요? 이것을 각자 자신에게 물어보기 바랍니다. 특별한 방법이 필요한 것은 아닙니다. 그저 눈을 크게 뜨기만 하면 됩니다. 아름다운 소리를 들으려면 귀를 활짝 열어야겠지요. 이런 간단한 일을 의외로 하지 않는 듯합니다. 다른 사람의 마음에서 아름다움을 찾기 위해서도 역시 특별한 방법이 필요하지 않습니다. 그 아름다움을 받아들이려는 마음가짐만 있으면 됩니다.

아름다움은 그런 의미에서 매우 넓은 범위에 걸쳐 문제를 제시한다고 하겠습니다.

마음의 모순에
대하여

A

이웃집 마당에는 인근에서 가장 키가 큰 히말라야삼나무
가 자라고 있습니다. 위태로울 정도로 가늘게 뻗은 나무의
꼭대기에 올해도 때까치가 날아와 지저귑니다. 저에게 때
까치의 지저귐은 매우 익숙합니다. 그 모습이 정겨워 창가
에 서서 쌍안경으로 새들이 날아갈 때까지 꼼짝 않고 지켜
봅니다.

곧이어 박새가 날아왔습니다. 박새는 대체로 대여섯 마
리가 떼를 지어 날아와 나무에 달라붙어 있는 벌레를 찾아

다닙니다. 박새는 나뭇가지 위에서 기쁨의 합창을 하면서 발로 벌레를 눌러 잡아먹습니다.

제가 이곳 도쿄 교외에서 산 지도 10년이 지났습니다. 그 사이에 집이 점점 늘어나 밭이 없어지고 숲도 줄어들어 날아오는 작은 새도 10년 전에 비해 훨씬 줄었습니다. 물론 새의 종류도 줄어들었습니다. 작년까지 날아오던 녀석이 올해 같은 계절이 되었는데도 전혀 모습을 보이지 않으면 왠지 쓸쓸해집니다.

언젠가 근처에 사는 아이가 "아저씨, 커다란 새가 땅에 떨어져 있어서 데려왔어요" 하며 제게 꿩을 건넸습니다. 꿩을 쓰다듬다가 공기총에 맞았다는 사실을 알았습니다. "음, 총에 맞은 게 분명하구나." 제 말을 들은 아이는 죽은 새에게 연민을 느끼는 것 같았습니다. 꿩은 커다란 소리로 '꿔~엉, 꿔~엉' 하고 우는 데다 날개가 몸에 비해 짧아 멀리 날지 못하기 때문에 쉽게 사냥의 표적이 됩니다. 아이에게 죽은 꿩을 돌려주자 아이는 꿩을 골판지 상자에 넣고 어쩔 줄 모르는 표정으로 한참 동안 바라봤습니다.

아마 아이에게는 죽은 새를 동정하는 마음이 가장 컸을 것입니다. 반면에 훌륭한 사냥감을 손에 쥐었다는 뿌듯함 역시 분명히 있었을 것입니다. 어린 마음에 친구들에게 보여주면서 자랑하고 싶었을 수도 있습니다.

저는 이렇게 공기총에 맞은 새를 여러 번 봤고, 공기총을 들고 저희 집 근처의 숲을 걸어가는 사람도 봤습니다. 차양이 넓은 모자를 쓰고 허리에 참새 서너 마리를 매단 모습이었습니다. 누가 봐도 새 사냥꾼 차림이었습니다.

B

저는 논리적인 이야기는 다 빼고 일단 새를 옹호하려고 합니다. 물론 새뿐만 아니라 지구 상의 모든 동물, 그리고 식물에 관해서도 마찬가지입니다. 아무런 목적 없이, 혹은 이해하기 어려운 목적으로 동물을 죽이거나 화초를 꺾는 사람을 말리고 싶습니다.

5월의 애조주간(愛鳥週間, 일본은 5월 10~16일이 애조주간이다-옮긴이)도 아닌데 제가 왜 이런 글을 쓰기 시작했을까요? 최근 다카오 산에 많은 꿩을 방사했다는 신문 기사를 읽었습니다. 기사에는 꿩이 거의 사라진 산에서 드디어 꿩이 번식을 시작해 꿩 울음소리가 그곳을 찾는 사람들을 다시 한 번 즐겁게 해주고 있다고 쓰여 있었습니다. 다카오 산은 조

수 보호 구역이므로 그곳에 방사한 꿩들은 안심하고 둥지를 틀 수 있을 것입니다.

그런데 저는 그 꿩들이 어떤 식으로 자라고 어떤 운명을 맞이할지 어렴풋이 알 수 있을 듯합니다. 올해 초여름 이쓰카이치에 있는 '도쿄 들새 실험소'를 방문했을 때의 일입니다. 그곳은 근처 사람들이 꿩 저택이라고 부를 만큼 규모가 컸습니다. '실험소'라는 이름답게 그곳에서는 일본 꿩을 비롯해 구리 꿩, 금계, 은계, 대만대숲 꿩 등 꿩과의 새를 인공적으로 번식시키고 있었습니다. 꿩은 부지런히 알을 낳고, 그 알을 품어서 부화시키는 역할은 닭이 맡았습니다. 견학하러 온 아이들에게 새를 사랑하는 마음을 가르쳐주는 것은 그곳 직원의 역할 가운데 하나였습니다. 여러 가지로 흥미로운 장소였습니다.

그런데 새 연구가 사이에서 꿩을 보호하지 않으면 멸종할 것이라는 예상이 나왔습니다. 그와 동시에 제 머릿속에 떠오른 것은 새 사냥꾼들의 모습이었습니다. 꿩은 재빠르지 않아서 총에 맞기 쉬운 데다 사냥꾼의 허리에 매달아 뽐내기에도 좋기 때문에 표적이 되기 십상입니다.

왜 이렇게 됐을까요? 사냥에는 규정이 있지만 특별히 사냥이 금지되어 있지는 않습니다. 그러니 이런 들새 실험소를 전국에 열한 군데나 세워서 멸종 위기의 새를 보호하고 적극적으로 인공 번식을 시키는 것입니다. 그런데 어찌 보면 이는 사냥꾼들을 만족시키기 위한 것처럼 보이기도 합니다.

저는 그 점이 매우 마음에 걸려서 그곳 직원에게 물어보았습니다. 직원은 "정부가 사냥꾼들에게서 세금을 거두기 때문에 사냥 금지에 관한 문제는 복잡합니다"라고 말하면서 쓴웃음을 지었습니다. 마치 낚시터에 물고기를 풀어놓는 것과 비슷하지 않나 싶습니다.

저는 동식물에 대한 사랑, 더 나아가 지구 상의 모든 생명에 대한 사랑에 관해 의문이 커졌습니다. 하세가와 뇨제칸(일본의 저널리스트이자 작가–옮긴이) 씨와 만났을 때 그가 이런 이야기를 들려주었습니다.

하세가와 씨는 오래전부터 곤충을 채집해 표본을 많이 만들어두었습니다. 어느 날 이웃집 아이에게 그 표본을 보여주자 아이가 "침으로 이렇게 찌르다니 곤충이 불쌍해요"라고 말하더랍니다. 그 이후로 그는 곤충 채집을 그만두었다고 합니다.

C

곤충을 죽이려는 아이의 손을 붙잡았을 때 혹은 새를 쏘려는 사람의 공기총을 붙잡았을 때 '당신은 개미를 죽인 적이 없나? 모기를 죽인 적이 없나? 생선을 먹지 않나? 소를 먹지 않나?'라는 말을 들으면 뭐라고 대답해야 할까요? 여기에서 그냥 물러나야 할까요?

동물의 생명에 대해 극도로 예민해지면 미야자키 겐지(일본의 동화 작가-옮긴이)처럼 될지도 모릅니다. 그가 모리오카 고등농림학교에 재학할 당시 수의과에서 도살 실험을 했습니다. 학생들에게 동물의 급소를 가르쳐주기 위한 것이었는데, 동물은 괴로워하다 비명을 지르며 죽어갔습니다. 그는 그 비명 소리를 들은 후로 좋아하던 고기를 더 이상 먹지 못하게 되었습니다. 투병 중에 어머니가 걱정스럽게 건네준 잉어 간도 '이런 불쌍한 잉어를 먹으면서까지 살고 싶지 않다'면서 거절했다고 합니다.

저는 치킨을 건네받으면 거절하지 않을 것입니다. 또한 제가 직접 죽이지는 않지만 하루에도 여러 가지 생명체를 먹으면서 살고 있습니다. 채식주의자가 되어서 채소만 먹는다고 해도 생명체를 먹는 것에는 변함이 없습니다. 그러니 저에게는 변명의 여지가 없습니다.

하지만 되도록이면 생명을 옹호하고 싶습니다. 그렇다고 해서 새를 잡고 생선을 낚는 행위를 즐기는 사람들을 미워할 수는 없습니다. 저는 사냥이나 낚시에 빠진 적이 없습니다. 그 점을 다행이라고 생각하지만 제 마음속에 그런 행위를 방관하려는 마음이 숨어 있을지도 모릅니다.

제 마음의 모순을 알면서도 더 많은 생명을 지키고 싶은 의욕이 솟아나는 이유는 거대한 자연계의 균형을 알고 있는 누군가가 저에게 그렇게 명령했기 때문이라고 생각합니다.

영국에서는 히치하이커들이 들판에서 불을 지피는 바람에 식물이 고통스러워한다고 걱정하던 학자가 있었습니다. 그런데 오히려 불을 지피기 때문에 분홍바늘꽃 같은 식물이 번식할 수 있다고 주장하는 사람도 있습니다. 그 외에 전쟁 중에 새를 무턱대고 잡아버린 바람에 송충이가 늘어나 큰 피해를 입기도 했습니다. 섣불리 새를 옹호하다 예기치 않은 참사가 벌어진 적도 있습니다. 양쪽의 대립은 날로 격화되고 있습니다. 이런 상황에서 자연계의 균형에 관한 이야기를 꺼내면 이상한 사람으로 취급받기 딱 좋습니다.

마음의 여유에
대하여

A

최근에 외무성의 다쓰케 다쓰코 씨를 만나 올 1년 동안 특별히 인상에 남는 일에 대해 이야기를 나누었습니다. 다쓰케 씨가 처음으로 한 이야기는 경찰관이 유머가 많아졌다는 것이었습니다. 저는 고개를 끄덕이면서도 한편으로는 '과연 그럴까' 싶었습니다. 그 이후로 경찰관을 특별히 신경 써서 보기 시작했습니다.

경찰관이라고 하면 모자의 턱 끈을 조이고 때로는 곤봉을 휘두르며 까딱하면 권총으로 위협하는 것을 상상할 수 있습니다. 그런데 '경찰 아저씨'라고 하면 인상이 확 달라집니다. 경찰 아저씨는 길을 걸을 때 아이가 갖고 놀던 공이 발밑으로 굴러오면 싱긋 웃으면서 던져주기도 하고, 할머니의 손을 잡고 부축해주기도 하고, 길 잃은 강아지가 있으면 파출소로 데려와 밥을 먹여주기도 할 것 같습니다. 이는 물론 저의 개인적인 상상일 뿐이지만 생각해보면 지금까지의 인생에서 경찰 아저씨와 관련된 일이 많았습니다.

어렸을 때는 누가 말해주지 않았는데도, 나쁜 짓을 하면 경찰이 잡아간다고 믿었습니다. 경찰은 절대적인 힘을 지니고 우리를 항상 위협하는 존재였습니다. 그래서 범죄와는 거리가 먼 생활을 하면서도 문득 경찰을 떠올리면 왠지 위축되곤 합니다.

B

제가 어렸을 때는 기마경찰이 말을 타고 거리를 자주 순찰했습니다(지금도 그 수는 적지만 행사를 위한 기마경찰이 남아 있습니다). 저는 하굣길에 친구 한 명과 함께 별 이유 없이 우산으로 기마경찰이 타고 있던 말의 엉덩이를 쿡 찔렀습니다. 말은 깜짝 놀라 뛰어올랐고 말에 타고 있던 경찰은 떨어지지 않기 위해 말의 목에 딱 달라붙었습니다. 그 모습을 보고 재미있어하던 우리는 곧 붙잡혀 학교로 끌려갔습니다. 이 사건이 어떤 식으로 해결되었는지는 기억나지 않지만 얼마 동안 학생들 사이에서 화제가 되었습니다. 거만하게 구는 경찰이 마음에 들지 않아서 어린 마음에 말 엉덩이를 찌른 행동을 영웅다운 것으로 평가한 것이었다고 해석하면 좀 무리일까요? 1920년대의 일이었습니다.

저는 다행인지 불행인지 불량 서클에 든 적이 없기 때문에 경찰서를 들락날락한 적도 없고 경찰관의 발소리에 귀를 기울이며 살금살금 도망친 적도 없습니다. 그러나 불심 검문을 당한 적은 몇 번 있습니다. 앞으로도 가끔씩 당하겠지요.

불신 검문을 통해 알게 된 경찰관이 있었습니다. 전쟁이 일어나기 얼마 전 저는 대학교를 졸업하고 날마다 빈둥대고 있었습니다. 그 즈음에 미술학교를 나와 역시 빈둥대던 친구와 함께 자주 거리를 걸었습니다. 밤 12시가 지난 시간에 길거리에서 제가 사는 방을 향해 고함을 지르기도 하고, 겨울철에는 고등학교 때 입던 망토를 뒤집어쓰고 사람이 다니지 않는 길을 산책하기도 했습니다. 그럴 때면 야간 순찰을 하던 경찰관에게 자주 붙잡혔습니다. 우리의 별난 짓을 이해해주는 경찰관도 있었고, 끈질기게 주소를 물어보고 소지품을 검사하는 경찰관도 있었습니다.

어느 늦은 밤, 친구와 공원 벤치에 앉아 있을 때 불심검문을 받았습니다. 그 경찰관은 왠지 모르게 처음부터 친숙하게 느껴졌습니다. 그는 그림 공부가 하고 싶었는지 친구가 그림을 그린다는 사실을 알고 나서 친구와 따로 약속을 잡았고 친구는 그 후로 경찰관에게 열심히 그림을 가르쳐주었습니다. 경찰관은 파출소에서 대기하고 있을 때는 대놓고 스케치북을 꺼내 그림을 그릴 수는 없었지만, 길을 걷는 사람의 모습을 몰래 그리기도 했습니다.

전쟁이 시작되고 얼마 지나지 않아 그 경찰관이 마을을 떠나게 되었습니다. 전쟁터에 나갔을 수도 있고 외지로 전근을 갔을 수도 있습니다. 그를 배웅한 친구의 말에 따르면 그가 안주머니에서 4B 연필을 살짝 보여주었다고 합니다. 전사했는지, 아니면 지금 어딘가에서 경찰서장으로 일하면서 아직도 그림을 그리는지 알 수가 없네요.

C

이런 경찰관이 많기를 바랄 수는 없습니다. 경찰관이 도망가는 도둑을 보고 딱하게 여기거나 인생론을 생각한다면 곤란합니다. 싸움이 벌어진 것을 멀리서 구경하며 시를 지어서도 곤란합니다.

그렇다면 경찰관의 유머는 어떤 것일까요? 이는 실로 어려운 문제입니다. 이전에 어느 잡지에 교통경찰이 사람과 자동차를 멈춰 세우고 오리가 길을 다 건널 때까지 기다리게 하는 사진이 실렸습니다. 또한 만원 열차에 타지 못한 승객이 창문으로 올라타려는 것을 제지하지 않고 오히려 엉덩이를 밀어서 도와주던 경찰관도 보았습니다.

경찰관은 교통법규나 그 외의 세세한 규정을 충분히 습득하고 그것을 위반하는 사람이 있는지 감시하면서도, 위법을 못 본 체하거나 혹은 적극적으로 도와주기도 합니다. 경찰관답지 않은 도움을 주었을 때 말이 통한다거나 유쾌한 경찰관이라는 말을 듣기도 하고 유머가 있다는 말을 듣기도 합니다.

D

하지만 저는 그런 일이 올바르다고 생각하지 않습니다. 경찰관이 유머 있다는 소리를 들으려고 의식하고 행동하는 것은 위험합니다. 저는 유럽 여러 나라에 가본 적이 없어서 실제로 유럽에서 경찰관에게 길을 물어보면 어떤 식으로 대답해주는지, 어떻게 친절을 베푸는지, 어떤 식으로 유머 있게 말하는지 모릅니다. 하지만 유럽 경찰이라고 하면 왠지 외국 만화에 등장할 듯한, 배가 나오고 얼굴이 불그스레하고 팔뚝이 튼실하지만 함부로 주먹을 휘두르지는 않을 것 같은 좋은 인상이 떠오릅니다. 그중에는 심술궂고 화를 잘 내고 신경질적인 사람도 있을지 모릅니다. 하지만 그런 유럽 경찰은 좀처럼 상상하기 어렵습니다.

그런데 제 주변의 경찰관을 생각해보면 너그럽고 좋은 인상이 떠오르지 않습니다. 이는 무척 아쉬운 일입니다. 너그럽다는 것은 죄가 있는 사람을 용서해준다는 의미가 아니라 남을 이해해주는 여유가 있다는 뜻입니다.

요즘 젊은 경찰관은 상사에게서 지적을 받으면 곧바로 반항하고 무례한 태도를 보인다는 말이 많이 들립니다. 저는 경찰관이 어느 정도 나이가 들지 않는 한 넓은 도량과 차분한 태도를 갖기 어렵다고는 생각하지 않습니다. 경찰관은 시위를 진압하는 중에 사람들과 충돌할 때면 경멸의 눈빛으로 매도당하곤 합니다. 하지만 이는 우리의 치안을 위해 필요한 일입니다. 명령에 따라 행동하고 구호에 따라 움직일 수밖에 없겠지만 저는 어떤 사건이 벌어지면 경찰관이 친숙한 경찰 아저씨처럼 다가와주기를 바랄 뿐입니다.

희망에
대하여

A

"열중하고 있는 모습을 한번 보세요."

그 말을 듣고 살짝 열린 문틈으로 기요코의 방을 엿보았습니다. 엿본다는 것이 약간 켕겼고, 만약 눈이라도 마주치면 기요코가 무섭게 째려볼 것 같아서 조심스러웠습니다.

기요코의 어머니가 딸에게 만족스러워했는지는 잘 모르겠습니다. 제 눈에는 만족할 만한 정도였습니다.

이 이야기를 처음부터 해보겠습니다.

기요코는 중학생 때부터 프랑스어를 배웠습니다. 스위스

인이 학교에 와서 과외로 프랑스어를 가르쳤는데 처음에는 프랑스어를 배우려는 학생이 꽤 많았다고 합니다. 하지만 성적에 들어가지 않고 강제성이 없는 공부는 역시 게을러지기 마련인지, 아니면 처음에는 쉬워 보였지만 동사 변화를 외워야 하는 단계에 이르자 너무 어렵게 느껴졌는지 인원이 점점 줄었다고 합니다.

스위스인 교사는 일본에서 꽤 오래 살았기 때문에 일본어가 능숙했고 잘 가르쳐서 평판이 좋았습니다. 현재 고등학생인 기요코가 중학생 때 프랑스어 공부를 시작한 동기는 대단한 것이 아니었습니다. 그저 영어보다 왠지 더 고상해 보였고, 프랑스 영화를 볼 때 조금이라도 알아들을 수 있으면 좋겠다는 정도였습니다.

중학생에게 대단한 동기가 있을 턱이 없습니다. "왜 프랑스어를 공부해?" 혹은 "왜 학교에 가서 공부해?"라고 물어본들 감탄할 만한 대답이 나오는 경우는 거의 없을 것입니다. 그러니 다른 학생들도 기요코와 비슷한 동기로, 혹은 부모님에게서 "배워서 손해 볼 것 없으니까 한번 해봐"라는 말을 듣고, 어쩌면 그냥 스위스인이 하는 말을 들어보고 싶어서 프랑스어를 배우기 시작했을 것입니다.

외국인에게 무언가를 배워본 경험이 없는 학생들은 일본어 발음이 이상한 외국인 선생님이 신기해서, 공부를 한다기보다는 선생님의 말과 행동을 구경하는 재미로 시간을 보냈을 것입니다.

B

기요코도 석 달쯤 열심히 공부하다가 프랑스 노래 두세 곡쯤 익힌 시점에서 그만두었습니다. 기요코가 배운 노래는 동요인 듯했습니다. 언젠가 기요코가 그 노래를 부른 적이 있었는데 프랑스 초등학생들이 친구들끼리 놀면서 부를 만한 노래였습니다.

그런데 최근에 기요코가 다시 프랑스어 공부에 열중하기 시작했습니다. 대체 어떤 심경으로 공부를 다시 시작했는지 어머니에게 설명을 듣고 고개를 끄덕였습니다.

기요코의 아버지가 무역 회사에서 일하는데, 올해 초 프랑스인이 협상을 하기 위해 그 회사에 갔다고 합니다. 회사에는 대학교에서 프랑스어를 공부했던 사람을 비롯해 프랑스어를 할 수 있는 사람이 몇 명 있었지만 상세한 내용으로 들어가면 말문이 막혔다고 합니다. 그중에 프랑스어를 잘

하는 여성 직원이 있었습니다. 외교관 집안에서 자란 그녀는 어렸을 때 프랑스에서 자랐습니다. 그녀의 부모는 딸이 프랑스어를 잊어버리지 않게 하려고 집에서 줄곧 프랑스어로 대화했다고 합니다.

기요코는 회사에 온 프랑스인을 환영하는 모임에 아버지를 따라갔다가 멋지게 통역하는 그 직원을 보고 홀딱 반해 버리고 말았습니다. 과자를 입에 넣고 오물거리면서 그 직원만 뚫어지게 보고 있더랍니다.

그때 기요코는 외국어를 공부한다는 의미를 절실히 이해했을 것입니다. 좋은 점수를 따기 위해, 혹은 점수가 나빠서 창피당하지 않으려고 하는 공부와는 전혀 다른, 스스로 공부하고 싶은 마음이 커다란 감동과 함께 그날 밤 기요코를 감쌌을 것임에 틀림없습니다. 자신도 그렇게 되고 싶은 열망이 생기자 온몸이 극도로 긴장되고 숨이 멎을 것 같은 기분마저 들었을 것입니다.

C

그다음 날 저녁, 기요코는 중학교 때의 스위스인 교사를 찾아갔습니다.

"저 기억하세요? 중학교 때 석 달 정도 선생님한테 프랑스어를 배웠어요. 그런데 갑자기 프랑스어를 잘하고 싶어져서 다시 한 번 배우고 싶어서 찾아왔어요."

기요코는 이렇게 말하고 자신이 전날 밤 겪은 일을 모두 이야기했습니다.

스위스인 교사는 잠깐 생각한 뒤에 그 열의가 일시적인 것이 아님을 알아차리고 개인 과외를 해주겠다고 했습니다. 그 뒤로 기요코는 한 번도 수업에 지각하지 않고 프랑스어 공부를 꾸준히 하고 있었습니다.

제가 어머니의 독촉으로 몰래 방 안을 엿보았을 때 기요코는 커다란 소리로 회화 연습을 하고 있었습니다. 개인 과외를 시작한 지 반년쯤 지났는데 발음이 꽤 좋았습니다. 프랑스어 공부를 어느 정도 한 저보다 훨씬 잘한다고 느껴질 정도였습니다.

기요코는 젊기 때문에 대담합니다. 유창한 발음으로 당당히 통역을 하고 어려운 협상도 척척 진행해나가겠다고 단단히 벼르고 있기 때문에 그만큼 빠르게 발전할 것입니다. 그리고 운 좋게도 스위스인에게 배우기 때문에 외국인도 두려워하지 않을 것입니다.

저는 기요코의 어학 공부 방법만이 옳다고 생각하는 것은 아닙니다. 아무리 회화를 잘해도 약간 어려운 책은 읽지 못하는 사람도 있고, 반대로 책은 척척 잘 읽지만 말을 전혀 못하는 사람도 있습니다. 양쪽을 다 잘한다면 더할 나위 없겠지만 목적에 따라 공부 방법은 여러 가지가 있다고 생각합니다. 하지만 기요코에게는 이런 이야기까지 해줄 필요가 없겠지요.

D

저는 지금 희망에 대해 말하고 있습니다. 희망이라는 것을 생각할 때 떠오르는 단어는 꿈입니다. 기요코가 품고 있는 것은 꿈일까요, 희망일까요?

저는 그런 논리적인 생각을 이러쿵저러쿵 늘어놓는 것을 좋아하지 않지만 굳이 말하자면 희망이라고 하고 싶습니다. 사실 저는 희망에 대해 어떤 내용을 쓸지 생각하자마자 기요코가 떠올랐습니다. 희망에는 정확한 목적이 있고 그 목적은 현실과 이어집니다. 실제로 기요코가 어느 정도까지 현실을 인식하고 있는지는 모르지만, 통역은 자신이 현실적으로 나아갈 수 있는 영역이라고 생각하고 있을 것이 틀림없습니다. 게다가 통역은 자신의 노력으로 확실히 달성할 수 있는 영역입니다. 물론 예기치 않은 장애물이 나타날 수도 있겠지요. 하지만 불안은 느끼지 않을 것입니다. 기요코가 "이런 식으로 공부하는 게 좋을까요?"라고 물어본다면 저는 주저 없이 "그렇게 해라. 아주 좋은 방법이구나"라고 대답해줄 것입니다.

이에 대해 기요코와 이야기한 적은 없지만 희망으로 가득 찬 기요코의 표정은 밝고 아름다웠습니다. 눈빛부터가 달랐습니다. 이는 비유도 아니고 형용도 아닌 사실입니다.

꿈은 이런 눈빛을 보여주지 않습니다. 이런 식으로 단언하는 것은 조심해야 할지도 모르지만 꿈은 희망과 달리 현실과 이어지지 않습니다. 오히려 현실과 이어지지 않아도 상관없는 것이라고 해야 할지도 모릅니다. 꿈을 품는 일은 중요하지만 그 꿈만 줄곧 바라보면서 그 안에 틀어박혀 있는 사람은 정신을 차렸을 때 자신의 꿈이 현실이 아니라는 사실을 깨닫게 됩니다. 그는 아마도 그 꿈을 현실화할 방법을 찾느라 커다란 어려움을 겪을 것입니다.

희망과 꿈의 차이는 이와 같습니다. 우리에게 꿈이나 희망은 완전히 우연한 계기로 생깁니다. 처음부터 세밀하게 계산해 꿈이나 희망을 갖지는 않습니다.

　세밀한 계산이라는 것은 현실의 여러 가지 조건을 치밀하게 분석하는 일입니다. 자신이 하고 싶은 일을 누가 뭐래도 해내는 사람은 훌륭합니다. 하지만 처음에는 의욕이 넘쳐도 생각지 못한 일로 포기해야 하는 상황도 발생하기 마련입니다. 이 경우 세밀한 계산이 필요할지도 모릅니다. 이는 결코 자기 멋대로 행동하는 것이 아닙니다. 주변 사람에게 상처 주지 않으면서도 자신에게 가장 어울리는 목적을 발견해서 그 목적을 향해 열정을 쏟으며 앞으로 나아가는 사람은 희망으로 불타고 있는 사람입니다.

　E

　희망이 어떨 때 싹트는지는 알 수 없습니다. 기요코가 그 프랑스인의 환영 모임에 나가지 않았더라면 그런 열정을 불태울 일이 없는 평범한 고등학생 시절을 보내고 있을지도 모릅니다. 통역이 아닌 다른 진로를 찾아서 뛰어들었을지도 모릅니다. 어느 경우든 일단 희망이 싹텄다면 가만있으면 안 됩니다. 적극적으로 그 희망을 추구하고 앞으로 나아가려는 열정이 무엇보다 중요합니다. 저는 이럴 때 마음가짐이라는 말을 즐겨 사용합니다. 경우에 따라서는 몸가짐이라고도 할 수 있겠지요. 마음을 다졌으면 망설여서는 안 됩니다. 주변을 조금만 둘러봐도 희망을 향해 전진할 용기를 내지 못하다가 곧 빛나는 희망을 잃어버린 채 깊은 수렁에 빠져버리는 사람이 많습니다.

제가 젊지 않기 때문에 하는 말이 아닙니다. 희망을 품는 일이나 꿈을 꾸는 일은 젊은 사람만의 특권이 아닙니다. 저도 희망을 품고 전진하려고 합니다. 오랫동안 알아차리지 못한 희망을 어떤 계기로 발견하기도 합니다. 인생에는 언제까지나 희망이 있고, 새로운 앞길이 있고, 미래를 향한 희망찬 전율이 이어집니다. 저는 잠들기 전에 이것저것 내일의 계획을 세우면서 기쁨을 느낍니다.

기질에
대하여

아이코는 올해 열여덟 살 된 소녀입니다. 제 친구의 조카인데 근처에 살아서 가끔 놀러 옵니다. 아이코가 제 친구를 따라 저희 집에 왔을 때 왠지는 모르겠지만 어질러진 제 방이 마음에 들었는지 그곳에서 놀곤 했습니다. 언젠가 아이코에게 꽃 그림을 선물한 적이 있습니다. 여름이 끝나갈 즈음 절정을 지난 금련화의 둥근 잎이 노랗게 물든 모습이 흥미롭고 아름다워서 그것을 스케치북에 수채화로 그렸습니다.

오전 내내 그려 서너 장 완성했을 때 마침 제 방으로 들어

온 아이코에게 어느 그림이 가장 잘 그렸느냐고 물어보자 조금의 망설임도 없이 "전 이거요"라고 하는 말투가 귀여워서 엉겁결에 스케치북을 쭉 찢어 그 그림을 건네주었습니다. 제가 그린 그림을 저 스스로 잘 그렸다고 하기는 민망하지만 어쨌거나 아이코는 제가 화통하게 스케치북을 찢어 그림을 주자 기뻐했습니다. 아이코는 그 그림을 액자에 넣어 벽에 걸어두었다고 합니다. 다행히 쓸모없는 선물을 한 것은 아닌 듯합니다.

아이코는 바이올린을 배우고 있습니다. 바이올린 선생님은 N교향악단의 단원으로 제가 잘 아는 사람입니다. 그런 인연으로 아이코는 연습이 끝나고 집에 돌아가는 길에 두세 번쯤 바이올린을 들고 저희 집을 찾아왔습니다. 제가 고등학생 시절에 음악부였던 그 친구는 점심시간에 음악실 창가에서 바흐의 관현악 모음곡 제2번 B단조 사라반드 (17~18세기에 유럽에서 유행한 춤곡-옮긴이)를 연주하곤 했습니다. 지금도 어쩌다 방송에서 그 곡을 들을 때면 저의 10대 시절이 떠오르는데, 아이코가 저희 집에 와서 연주해준 곡이 바로 그 사라반드였습니다.

저는 '10대 소녀' 하면 가장 먼저 아이코가 떠오릅니다. 그 아이를 편애하고 있으니 당연한 일이겠지요. 아이코는 참 괜찮은 아이입니다. 저희 집에 놀러 올 때 예의를 깍듯하게 차립니다. 남의 집을 방문한다는 마음으로 항상 단정하게 차려 입고 약간 긴장된 표정을 짓곤 하지요. 그러나 제 질문에 당당하게 자신의 의견을 말합니다.

그런 아이코의 모습은 보는 사람에 따라 호불호가 갈릴 수도 있지만 저는 아이코가 자신의 기질을 숨기지 않고 표현하는 것에 감탄하곤 합니다. 예의 바르고 수줍은 모습 사이로 "나는 이런 사람입니다", "내 생각은 이렇습니다"라고 정중히 표현하는 태도가 부럽습니다.

타고난 기질이나 성격은 스스로 어찌할 도리가 없는 것입니다. 남의 기질은 물론이고 자신의 기질조차 잘 다루기 힘든 일인데 그렇다고 평생 끙끙 앓는 것은 부질없는 일입니다. 생각해보면 그토록 어리석은 일도 없습니다.

하지만 기질이라는 것이 확고히 자리 잡기 전까지는 조금이나마 자신이 원하는 대로 바꿀 수 있지 않을까 싶습니다. 화를 잘 내는 기질의 사람이 어느 날 갑자기 부드러운 기질로 바뀔 수 있는지는 잘 모르겠습니다. 아마도 힘든 일일 테지요. 그런데 제가 말하고자 하는 바는 그런 것이 아닙니다.

화를 잘 내는 기질, 지기 싫어하는 기질, 울음을 자주 터뜨리는 기질, 잘 웃는 기질 등 여러 기질이 있는데, 그 기질을 잘 활용하는 것이 무엇보다 중요합니다. 즉 자신의 기질을 잘 파악하고 잘 키워나가야 합니다. 그 기질을 부정해봤자 소용없습니다. 가능한 범위 내에서 자신이 타고난 기질을 스스로 만족하게끔 가꿔나가야 합니다.

아이코가 저에게 진지하게 이야기하는 것을 듣다 보면 아이코는 누구나 부러워할 만한 좋은 가정에서 자라고 있지만 부모님의 말을 잘 따르지는 않는 듯합니다. 아이코는 영리해서 그런 것까지 술술 털어놓지는 않지만 저는 이미 눈치채고 있었습니다.

아이코는 제멋대로 행동하는 것은 아니지만, 무엇이든 양보하고 고분고분 말 잘 듣는 아이가 착한 아이라고 생각하지 않습니다. 그래서 '따지기 좋아한다'거나 '고집이 세다'는 말을 들어도 태연합니다.

아이코에 비하면 저는 훨씬 부끄러운 10대를 보냈습니

다. 저의 기질도 아이코와 전혀 달랐고 시대나 환경도 달랐지만, 저는 아이코처럼 당당히 제 기질을 드러내지 못했습니다. 저는 이도 저도 아닌 모호한 기질을 지닌 채 나이만 먹었다고 할 수 있습니다. 제 기질에 대해 스스로 확실히 말할 수 없다는 것이 그 증거입니다.

저는 고등학생 시절에 어느 선생님에게서 '홍당무 같다'는 말을 듣고 뜨끔했던 적이 있습니다. 쥘 르나르의 《홍당무》에서 불타는 듯한 붉은 머리카락과 주근깨투성이 얼굴 때문에 홍당무라고 불리며 구박을 받는 소년 말입니다.

선생님의 말을 듣는 순간 홍당무와 그의 아버지 르픽의 대화가 들려오는 듯했습니다.

"나 화났다고 분명히 말했는데……. 홍당무처럼 보이겠지만…… 그래도 참을 수 없다고."

"조금 놀림받았다고 화내는 사람이 어디 있냐?"

"몰라……."

제 생각에도 저는 소설 속 홍당무와 비슷한 구석이 있습니다. 저 역시 홍당무처럼 구박덩어리 외톨이였습니다. 그래도 선생님이 저를 홍당무라 불렀다고 생각하니 솔직히 마음이 상했습니다. 그러나 소설에서 홍당무는 항상 유쾌하고 재치 있게 행동했으므로 선생님이 좋은 뜻으로 한 말이라고 생각하기로 했습니다. 그러자 왠지 마음이 풀리면서 뿌듯해지기까지 했습니다.

그 시절에 제 기질은 매우 불안정했습니다. 친구와 함께 어딘가로 놀러 가지도 않고 혼자 방에 틀어박혀 책을 읽거나 취미로 도장을 팠습니다. 그러는 동안 모든 것이 귀찮아지기도 했습니다. 누군가에게 괴롭힘을 당하는 것도 아닌데 혼자서 제멋대로 비뚤어져서는 날씨 좋은 날 일부러 덧문을 닫아놓고 어두운 방 안에서 하루 종일 멍하니 지내기도 했습니다. 저는 그런 행동이 너무 부끄러워서 아무에게도 말하지 않았습니다. 하지만 홍당무라는 말을 들었을 때 나름대로 즐거웠고, 홍당무 같은 아이에게도 좋은 점이 있다고 생각해서 제 방식대로 홍당무처럼 행동하려고도 했습니다.

저는 고집을 잘 부립니다. 친한 친구는 "또 시작이구나" 하며 웃지만, 저는 정말 고집이 셉니다. 아마도 이것은 저의 홍당무 기질이 만들어낸 결과인지도 모릅니다. 고집이 세서 좋은 점이 있다는 것은 다행이라고 생각합니다. 하지만

홍당무처럼 지낸 10대는 아쉬움으로 남습니다. 아버지 르
픽의 손을 잡고 울음을 터뜨리던 홍당무의 모습에 매력을
느끼긴 했지만 말이지요.

10대는 소중한 시기입니다. 물론 20대와 30대도 소중합
니다. 소중하지 않은 시기는 없습니다. 하지만 10대는 스스
로 지금이 소중한 시기라는 것을 모르고 지나치기 십상이
기 때문에 특별히 더 소중하게 생각하는 편이 좋습니다.

보통 10대는 공부를 하든 놀러 다니든 어떤 말을 하든 마
음대로 할 수 있는 시기입니다. 따라서 10대야말로 자신의
기질을 이해하고 부분적으로 수정해나갈 적절한 시기라고
생각합니다.

성실에
대하여

저는 몇 년 전에 한 고등학교에서 철학 교사로 일한 적이 있습니다. 철학 수업이 한 주에 한 번 있었는데 수업이 끝나면 학생이 쫓아와 질문하는 경우가 많았습니다.

"여쭤볼 게 있는데요. 진리란 무엇인가요?"

"절대라는 게 정말로 존재하나요?"

"저는 제 운명에 대항하려고 하는데, 어리석은 생각일까요?"

이런 종류의 질문을 받으면 매우 난감했습니다. 대답해줄 말이 궁했기 때문입니다. 제 괴로움을 이해해달라고 하는 말이 아닙니다. '진리', '절대', '운명'이라는 단어는 누구든지 살면서 한 번쯤 마주하게 되는 어려운 문제이며, 그에 관해 고민하는 것은 중요합니다. 그런 문제를 제기하는 것 자체를 이상하게 여기는 사람도 있지만 저는 오히려 그런 사람이 이상합니다. 왜냐하면 많은 사람들이 그런 문제에 부딪히고, 돌파할 수 없는 그 벽 앞에서 괴로워하는 것이 사실이기 때문입니다. 정신적인 고뇌를 어리석은 일이라고 멸시하는 것은 자기 자신을 속이는 일일지도 모릅니다.

여러 가지 고민으로 괴로운 나날을 보내는 것이 숭고하다는 게 아닙니다. 하지만 인간은 좋든 싫든 내면의 고뇌를 거쳐야 한다고 봅니다. 사색의 혼란이나 좌절, 그리고 그에 수반되는 자기 자신의 초라함 등을 겪어봐야 비로소 내면이 성장하고 살아가는 데 필요한 자신감이 강해진다고 생각합니다. 어쩌면 제 삶이 좌절의 연속이었기 때문에 그런 문제를 겪지 않고 주저 없이 모든 일을 척척 진행하는 사람이 부러워서 하는 말일지도 모르겠지만요.

＊

저는 학생들에게서 철학적인 질문을 받고 괴로워하면서 예전에 제가 똑같은 문제를 두고 몇 날 며칠을 고민했던 기억이 떠올랐습니다. 대답하기 곤란하긴 해도 어리석은 질문이라고는 생각하지 않았고, 학생들과 교정 한구석에 앉아 잔디를 뜯으며 함께 이야기했습니다. 하지만 학생들을 제대로 납득시킬 방법이 없었기 때문에 그때그때 떠오르는 철학자의 학설이나 명언 등을 늘어놓았을 뿐입니다. 사고를 진전시키는 데 도움이 될 만한 무언가를 찾아내보려는 의도였습니다.

그런데 지금 제가 그때와 똑같은 질문을 받는다면 어떨까요? 지금도 역시 대답해줄 말이 궁하기는 마찬가지입니다. 얼마 전에도 "성실이란 무엇인가요?"라는 질문을 받았을 때 제대로 대답해주지 못하고 질문한 사람을 멍하니 쳐다보기만 했습니다. 어쩌면 '성실은 자신이 해야 할 일을 열심히 성의 있게 하는 것'이라거나 '성실은 일이든 공부든 적당히가 아니라 꼼꼼하게 하는 것'이라고 대답할 수도 있었겠지요. 아니면 '성실은 남의 영역을 침범하지 않고 남의 기분을 해치지 않는 것'이라고 대답해도 괜찮았겠지요. 하지만 그보다 조금 더 확실한 대답을 할 수 있을 듯한 기분이 들어서 일단 입을 다물고 말았습니다.

성실에 관해 적당히 이야기해주다가 상대방이 제 눈을 똑바로 쳐다보며 "본인은 성실하다고 생각하세요?"라고 묻는다면 또 어떻게 대답해야 할까요? 그런 상상을 하면 실제로 그런 질문을 받은 것처럼 갑자기 몸이 움츠러듭니다.

'과연 나는 성실할까?'라는 질문을 두려워할 필요는 없습니다. 그래도 저는 스스로 던진 그 질문을 취소하고 싶은 심정입니다. '성실해지려고 하는가?'라는 질문이라면 '물론이죠'라고 당당히 대답할 텐데 말이지요.

아쉽게도 저는 성실하다고 할 수 없습니다. 어떤 면에서 그럴까요? 그것은 쓰레기가 떠다니는 물웅덩이에 떠오르는 거품처럼 혐오감을 갖고 바라보게 되는 저의 몇 가지 안 좋은 모습 때문입니다.

우선 저는 약속을 지키지 않았습니다. 그저께까지 편지로 알려준다고 했던 세 권의 책 제목을 아직도 알려주지 않았습니다. 책 제목을 의뢰했던 사람이 여전히 제 편지를 기다리고 있습니다. 아직 조사를 마치지 못했다고 말했어야 마땅합니다.

그리고 저는 친구를 위로하는 일을 망설였습니다. 친구가 자신의 슬픔과 불안을 필사적으로 숨기고 싶어 하는 듯해서 일부러 모른 척했습니다. 솔직히 그것은 우정에서 비롯된 행동이 아니라 단지 위로해주기 귀찮았기 때문입니다.

또한 대충 일하는 것, 마음에도 없는 말, 노력 부족, 거짓 섞인 고백 등 떠올릴 수 있는 저의 모든 불성실을 솔직히 인정한 후에야 남의 불성실을 지적할 수 있다고 생각합니다.

*

저는 가끔 제가 성실하게 할 수 있는 일이 무엇인지 생각하곤 합니다. 그럴 때는 먼저 최근에 성실하게 한 일을 떠올려봅니다. 거창한 일이 아니라 사소한 일, 잘할 수 있는 일이 아니라 간신히 해낼 수 있는 일까지 떠올려 봅니다. 예를 들어 최근에는 소크라테스의 반어법에 대해 성실하게 공부하고 있습니다. 그리고 예술작품을 집중해서 감상하고 있습니다. 그 외에 경찰의 부당한 행동에 항의하는 사람의 분노에 진심으로 공감한 적이 있습니다.

제가 이와 같은 이해력을 갖고 있다는 것은 큰 행운이며, 때로는 이런 사실이 저를 더없이 행복하게 만듭니다. 저 혼자 갖고 있는 능력은 아니지만 제가 성실하게 할 수 있는 일이 있다는 사실에 저는 만족합니다.

한편으로는 제가 성실하게 할 수 있는 일이 의외로 많지 않다는 데에 놀라기도 합니다. 저에게 가장 어울리는 일이 무엇인지, 제가 성실하게 할 수 있는 일이 무엇인지 생각할 때마다 제 능력의 한계를 느낍니다. 그래서 가끔은 새로운 일을 시도해서 제 능력을 확장시키는 게 좋겠다는 생각을 하기도 합니다.

그러나 최근에 광범위한 영역을 넘나드는 일이 무조건 바람직하지 않다는 사실을 깨달았습니다. 무리한 시도가 불성실한 태도를 불러오게 된다는 사실을 경험했기 때문입니다. 불성실하게 한 일이 성공을 거두고 스스로 만족할 뿐 아니라 많은 사람을 기쁘게 만드는 결과를 가져오더라도 그 태도는 역시 성실하다고 할 수 없습니다.

*

이는 제가 만든 잠정적인 계율이자 도덕으로 끊임없이 개선해나가는 중입니다. 성실하기 위해서는 무엇보다 자기 자신을 잘 알아야 합니다. 자기 자신을 알기 위한 노력을 게을리 하지 않고, 능력의 한계를 넓히기보다 깊이를 더해야 합니다. 이런 노력의 과정과 결과가 성실이라고 생각합니다. 성실은 '정성스럽고 참되다'라는 뜻을 품고 있지만 자신이 잘할 수 있는 일 또는 자신에게 어울리는 일을 찾아 그일에 열중하는 것이 제가 생각하는 성실입니다.

*

"바이올린을 배워보지 않겠어요? 일단 해보세요.", "전에 당신이 노래 부르는 걸 들어봤는데 목소리가 좋더라고요. 방송에서 성우를 해도 좋을 정도예요."

우리 주변에는 이런 식의 유혹이 많습니다. 그런데 그것이 유혹이라는 사실을 모르고 지금까지 알아차리지 못한 재능을 발견했다고 생각할지도 모릅니다.

이처럼 우리에게는 예전에 비해 유혹이 매우 많아졌습니다. 어떤 분야의 지식이든 전문가처럼 많이 알아야 한다고 생각하는 사람들이 많습니다. 심지어 노래와 춤, 자전거, 피아노, 외국어까지 잘해야 한다고 생각하는 이들도 있습니다. 실제로 그렇게 여러 가지를 잘할 수 있다면 더할 나위 없겠지요.

하지만 '나는 대체 무엇을 하는 사람인가요?' 이 점을 잊어서는 안 됩니다. 모든 일을 척척 해내는 것에 즐거워하다가 정작 자신이 이루어야 할 목표를 잃어버리는 사람이 많은 것 같습니다.

인간은 여러 가지를 해낼 수 있는 재능을 부여받았을지도 모릅니다. 하지만 누구나 레오나르도 다빈치 같은 인물이 될 수는 없습니다. 모든 분야에서 잘하려고 해서는 안 됩니다. 한 분야에 기꺼이 파고든다면 성실이 나의 행동과 생각 속에 살아 숨 쉬게 됩니다.

불안에
대하어

저는 오늘 악보를 베껴 써보았습니다. 16세기에 영국에서 소프라노와 트레블 리코더를 위해 편찬한 소곡집입니다. 이 소곡집에는 셰익스피어의 그 유명한 '말해다오, 환상적인 사랑이 자라는 곳을'이라는 노래, 제비꽃에 빗대어 소녀들에게 인생의 덧없음을 읊은 로버트 헤릭의 노래, 연인과 심장을 맞바꾸고 소중히 간직한 필립 시드니의 노래 등이 실려 있습니다. 노래 가사를 살펴보면 그들의 삶은 여유로워 보입니다. 모자에 화려한 깃털을 꽂고 신발 끝을 은도금으로 장식할 정도로 풍요롭습니다.

그러나 사실 그들의 삶은 결코 안전하지 않았습니다. 당시 영국은 구교와 신교의 대립으로 혹독한 탄압이 이루어지던 시대였습니다. 메리 스튜어트(엘리자베스 1세가 영국 여왕이던 시절 스코틀랜드 여왕으로, 19년 동안 영국에서 성에 갇혀 지내다 참수형에 처해졌다-옮긴이)의 사형 집행 현장과, 서명란이 빼곡하게 채워진 찰스 1세(메리 스튜어트의 손자로 의회와의 대립 끝에 청교도 혁명으로 목숨을 잃었다-옮긴이)의 사형 선고서를 떠올려봐도 당시 사람들의 삶이 얼마나 불안했는지 알수 있습니다. 악보를 베껴 쓸 때는 이처럼 여러 생각이 꼬리에 꼬리를 물곤 합니다. 오늘은 영국에서 편찬한 악보를 옮겨 적다 보니 '파란 두건을 눈 가까이까지 눌러쓰고 하늘색 실크 아래로 갑옷을 입은' 와이엇(잉글랜드의 첫 여왕 메리 1세가 즉위한 후 반란을 일으킨 인물-옮긴이)의 모습도 떠올랐습니다. 이는 나쓰메 소세키의 《런던탑》에 나오는 묘사입니다.

그런 살벌한 시대에 황금으로 만든 칼을 차고 노래를 만들어 유쾌하게 불렀다는 사실이 신기하다는 것은 아닙니다. 제가 지금 베껴 쓰는 악보를 빌려 온 집에는 이 악보 외에 표지에 장미꽃이 그려진 오래된 우쿨렐레 악보도 있었습니다. 그 악보 역시 16세기에 런던에서 출판한 것입니다. 제가 놀란 것은 그들이 지은 노래에서 불안감이 느껴지지 않는다는 점입니다. 그들이 인생의 허무함을 몰랐을 리 없건만 지금의 우리보다 불안감이 적어 보였습니다. 설령 그들이 불안감을 감춘 거라고 해도 어쨌든 숨길 수 있는 정도의 불안이었던 것은 확실합니다. 물론 아득한 옛날의, 게다가 먼 이국의 일이다 보니 제 상상이 정확하지는 않을 것입니다. 그것이 체념의 결과인지 아니면 무지의 결과인지는 알 수 없습니다. 하지만 당시 살벌했던 역사를 생각해보면 그때 사람들이 가진 마음의 여유만은 부러워할 만합니다. 16세기 영국과 비교할 때 지금 우리 사회는 매우 안정되어 있습니다. 그런데도 불안의 목소리가 끊이지 않습니다. 목숨이 위태로운 상황에서도 여유롭게 류트와 치터(목이 없는 납작한 현악기-옮긴이)를 치던 16세기 영국인들의 심정을 우리는 영원히 이해할 수 없을지도 모릅니다.

불안과 관련해 떠오르는 인물이 있습니다. 바로 파스칼입니다. 우리에게 그는 종교 사상가이자 심리 연구가 혹은 현명한 잠언가입니다. 파스칼의 사상에 조금이라도 열중해본 적이 있거나, 그의 단문 중 두세 가지라도 기억하는 사람이라면 국내 사상가보다 오히려 파스칼이 더 친근할 수도 있습니다.

파스칼은 20세기 초 실존주의(인간의 주체적 존재성을 강조하는 철학 및 문예사조로, 인간의 운명을 겸허히 받아들이고 '지금, 여기, 불안'을 직시할 때 주체성을 회복할 수 있다고 주장한 이론-옮긴이)의 영향으로 떠오른 인물입니다. 그는 이후에도 실존주의의 파도가 밀려올 때마다 셰스토프, 키르케고르와 함께 불안에 대해 언급했습니다. 한때 프랑스 비평가들에게 파스칼은 '불안이 취미'인 철학자로 통했지만 이는 결코 나쁜 의미가 아니었습니다. 우리에게 친숙한 파스칼은 그 어떤 실존주의 철학자보다 불안에 대해 더 많은 것을 가르쳐줍니다.

인간에 대한 그의 설명은 여기서 다시 언급할 필요조차 없을 정도로 유명합니다. 한번 읽으면 누구나 이해할 수 있을 만큼 단순·명쾌합니다. "결국 자연 안에서 인간은 무엇인가? 무한에 비해서는 무(無)요, 무에 비해서는 하나의 전체이며, 양극단을 이해하기까지는 한없이 멀리 떨어져 있다. ……인간은 자신이 이끌려 나온 무도, 자신을 삼켜버리는 무한도 모두 볼 수 없다"라고 그는 주장합니다. 만약 이말이 어렵다면 "인간의 일반적 조건은 변덕, 권태, 불안과 허영이다"라는 간략한 그의 주장을 통해 그가 인간에 대해 어떻게 생각했는지 이해할 수 있습니다.

그 유명한 '파스칼의 내기'에 맞닥뜨리면 저를 포함한 대다수의 독자가 도망치거나 그저 웃음으로 그 순간을 모면하려고 할 것입니다. 그는 우리에게 동전의 앞면, 즉 신이 존재한다는 입장을 택할 경우 득실을 따져보자며 다음과 같이 제안합니다.

"만약 당신이 내기에서 이긴다면 당신은 모든 것을 얻게 된다. 그러나 진다면 아무것도 잃을 것이 없다. 그러니 주저하지 말고 신이 존재한다는 쪽에 내기를 걸라!"

이처럼 파스칼은 의심을 거두고 종교를 믿어야 하는 이유를 제시하며 기독교를 믿으라고 권유합니다. 그에게는 의심을 넘어서는 것이 인간의 위대한 성취였던 것입니다.

그가 왜 기독교를 찬양했는지 그 역사적이고 철학적인 설명을 들으면 소름이 돋습니다. 그에게 인간은 대자연 안에서 '한 개의 갈대'와 같이 가냘픈 존재에 지나지 않았습니다. 그러나 생각하는 힘에 따라서는 가치 있는 존재가 되어 우주를 품을 수 있는 존재였지요. 이처럼 인간은 위대함과 비참함을 동시에 지니고 있는 모순되고 불안한 존재입니다. 그런데 신을 대하는 현대인의 모습은 어떠한가요? 신을 믿지 않는 이도, 신을 모독하는 것을 두려워하지 않는 이도 많습니다.

*

유럽에서 태동한 불안의 철학은 오늘의 우리에게도 많은 것을 시사합니다. 하지만 파스칼을 비롯한 실존주의 철학에 의해서는 지금 우리가 느끼는 불안을 완전히 해소하는 데 한계가 있습니다. 실존주의 철학을 이해할 수 없다는 의미가 아니라, 지금 우리가 느끼는 불안에 대해 실존주의에서 답을 찾는 것에 한계가 있다는 의미입니다. 그러므로 불안에 대해 이야기할 때 철학의 문제로 범위를 넓히는 것은 바람직하지 않습니다. 현실에서 벗어나 철학의 세계로 발을 내딛는 순간, 오히려 소중하게 다뤄야 할 문제가 시들어 버릴 수 있습니다.

아까부터 '우리'라는 애매한 표현을 썼는데, 여기서 '우리'는 불안에 대해 약간의 관심을 가진 사람을 가리킵니다. 평상시에 불안한 마음이 강해 그와 관련한 책을 읽어보려는 정도의 관심을 가진 사람입니다. 불안에 대한 관심이 매우 적은 사람, 즉 불안의 정도가 약해 시간이 지나면 자연스레 해소되는 사람은 '우리'에 포함되지 않습니다.

그런 '우리'가 불안을 이야기할 때 느끼는 한계는 의외로 가까운 곳에 있습니다. 대부분의 사람이 자신을 철학적인 존재로 오해합니다. 즉 현실의 문제에 대해 철학에서 해결의 실마리를 찾을 수 있다고 생각합니다. 그러나 이는 오산입니다. 예컨대 키르케고르의 《불안의 개념》을 통해 심리분석에 흥미를 갖게 되었다고 해서 현실의 불안이 해소될까요? 《죽음에 이르는 병》의 절망이 정말로 우리가 느끼는 절망과 비슷할까요? 하이데거의 근원적 불안을 잠시라도 자신의 내면에서 느낄 수 있을까요?

이런 점에서 불안에 대한 철학보다 불안에 대한 심리학이나 병리학에 대한 설명에 좀 더 이해하기 쉬울지도 모릅니다. 심리학과 병리학에서 사용하는 용어는 좀 낯설어도 불안에 대해 우리가 알아야 할 사실을 잘 설명해줍니다.

불안은 끊임없이 경험하는 것이며, 지금 이 순간에도 우리는 불안감을 느낍니다. 우리는 현실에서 느끼는 불안의 정체가 무엇인지, 왜 생기게 되었는지를 알려주는 학문에 만족을 느낍니다. 불안의 정체를 알았다고 해서 불안이 사라지는 것은 아니지만 어느 정도 안정을 찾을 수는 있습니다. 자신이 왜 불안한지 확실히 알았기 때문입니다. 물론 그렇다고 해서 병리학자에게 불안에 대한 자세한 설명을 기대할 수는 없습니다. 또한 불안이 가져오는 신체 변화가 우리 모두에게 동일하게 나타나지는 않습니다.

그렇지만 불안의 철학이 현실에서 무용지물이라고 하기에는 삶의 구조에 관한 실존철학이 우리 삶에 지나치게 침투해 있습니다. 우리는 실존철학과 결별할 수 없습니다. 실존철학을 알지 못하면 신문의 학예란조차 읽을 수 없는 것이 현실입니다.

우리는 여러 각도에서 우리가 느끼는 불안을 늘 지켜봐야 합니다. 불안에 익숙해지고 안이한 설명에 만족해서는 안 됩니다. 개인의 불안은 쉽게 그 모습을 드러내지 않습니다. 아무리 그것을 고백한다고 해도 깊은 곳에 스며든 불안을 전부 이해하는 것은 불가능합니다. 하지만 현대를 살아가는 우리가 공통적으로 품고 있는, 혹은 품고 있다고 생각하는 불안은 그 정체를 정확하게 파악한 뒤에 적절한 조치를 취해야 합니다. 이쯤에서 불안에 대한 철학적인 고찰을 마칠까 합니다.

현대 사회는 우리에게 불안을 요구합니다. 불안을 원하지 않는다고 해서 불안을 느끼지 않고 살아갈 수 있는 사회가 아닙니다. 누구나 어쩔 수 없이 불안을 느끼지만 그 누구에게도 그런 사실을 밝히고 싶어 하지 않습니다. 그래서 불안은 은밀하고도 개인적인 고뇌가 되었습니다. 이는 비단 오늘날만의 일은 아닙니다. 예컨대 플라톤이나 토머스 모어의 유토피아 이론을 통해 그들이 갖고 있던 분노의 변모를 짚어볼 수는 있지만, 당시 그들에게서 불안한 모습을 찾아내기는 어렵습니다. 앞에서 살펴본 것처럼 16세기 영국의 시인, 류트를 켜며 시를 노래했던 사람에게서도 불안을 찾아보기 어렵습니다. 하지만 그들도 우리와 같은 불안을 느끼지 않았을까요?

이처럼 개인의 불안은 보이지 않게 숨어 있습니다. 하지만 불안은 매우 다양한 삶의 한 과정이므로 감춰야 할 감정이 아닙니다. 불안은 생존을 위한 진지한 투쟁의 결과입니다. 설령 그 싸움에서 패배했다 하더라도 그것을 수치스럽게 생각할 필요는 없습니다. 불안을 감추다 보면 그 실상을 보지 못하고 자신 안에 불안의 허상이 생겨버립니다. 불안 자체가 공상과 망상이 되었기 때문에 불안을 느끼는 것보다 오히려 불안의 실상을 응시하는 것이 더 어려운 일이 됩니다.

저는 불안이 긍정적인 감정이라고 생각하지는 않지만, 그것을 드러내지 않는 것, 불안을 성숙과는 먼 감정으로 여기는 것이 안타깝습니다. 정신적 안정을 찾고자 하루빨리 불안을 없애려고만 하는 것이 안타깝습니다.

오늘도 광장에는 많은 사람들이 보입니다. 외투로 몸을 감싼 채 아무 말 없이 걷고 있습니다. 광장은 으스스할 정도로 고요합니다. 저는 길모퉁이에 서서 사람들의 표정을 보았는데, 표정을 읽는 것이 이렇게도 어려운 일인지 생각지도 못했습니다. 아니면 모두가 이렇게 무표정하게 걷는 무슨 이유라도 있는 것일까요?

겨울철의 햇볕이 따스하게 쏟아집니다. 저녁때가 가까워지면 우리가 어렸을 때 어두워질 무렵 느꼈던 불안과 비슷한 감정이 사람들의 얼굴에 떠오를 것입니다. 이쯤에서 어리석은 구경은 그만두어야겠습니다.

친절에
대하여

Ⅰ

비가 내리고 있습니다. 어제부터 줄곧 내리는 비가 이따금씩 거세지곤 합니다. 높은 나무들이 저희 집 지붕을 덮고 있습니다. 그래서 비바람이 불면 이파리에서 지붕으로 떨어지는 빗방울 소리가 꽤 요란해집니다.

오늘은 평상시보다 훨씬 일찍 일을 시작했습니다. 아까부터 밝아오는 하늘을 바라보면서 생각에 잠겨 있다가 문득 비에 흠뻑 젖은 나뭇잎이 꽤 노랗게 물들었다는 사실을 깨달았습니다. 쓸쓸한 가을이 또 찾아오는구나 싶어서 여름을 붙잡고 싶은 마음이 들었지만, 계절이 바뀌지 않으면 앞으로의 계획을 세울 수 없다는 사실에 마음을 접었습니다.

*

저는 요즘 건강이 나빠져 누워 있는 시간이 많아졌습니다. 매일 의사를 찾아가 주사를 맞지만 앞으로 얼마나 더 병원에 다녀야 건강을 되찾을 수 있을지 짐작조차 할 수 없습니다. 아픈 상태에서는 글 쓰기가 힘듭니다. 그래서 글을 쓰기보다는 많이 읽으려고 노력합니다. 특히 오랫동안 투병 생활을 한 작가가 쓴 글을 읽으면 위로가 됩니다.

제 소식을 들은 친구들은 진심으로 저를 걱정하며 편지로 안부를 묻고 곧 회복될 것이라고 위로해줍니다. 바쁜 와중에 일부러 병문안을 오는 친구도 있습니다. "병한테 지면 안 돼"라고 말하는 친구도 있고 "좋은 기회라고 생각하고 푹 쉬어"라고 말하는 친구도 있습니다. 건강이 나빠지자 어쩔 수 없이 약속했던 일을 취소해야 했습니다. 그로 인해 많은 분에게 폐를 끼쳤습니다. 하지만 다들 잘 이해해주었고 전혀 걱정하지 말라며 친절을 베풀어주었습니다. 그런 호의가 진심으로 고마웠습니다. 체력의 한계를 넘어서서 일하다가 병에 걸렸으니 쉬면서 몸을 추스르라는 위로를 받을수록 고마운 마음은 한층 커졌습니다.

물론 이런 호의는 저만 받는 것이 아닙니다. 누구라도 병에 걸려 쓰러졌을 때 "그렇게 무리하더니 꼴좋다"라고 말하는 사람은 없습니다. 하지만 저는 몸 관리를 제대로 하지 못한 제 책임도 있다는 생각이 들어 지인들의 친절에 더욱 몸 둘 바를 모르겠습니다.

이는 제가 잘못해서 비난받아야 마땅한데 오히려 위로받을 때 느끼는 감정과 비슷합니다. 이렇게 제 마음을 어지럽히는 일이 있을 때 떠오르는 동화가 있습니다. 미야자와 겐지의 《조개불》입니다.

아기 토끼 호모이는 강물에 휩쓸려 죽을 뻔한 아기 종다리를 목숨 걸고 살려줍니다. 그 후에 호모이는 지독한 열병에 시달려야 했습니다. 병이 낫자 종다리는 호모이를 찾아와 '조개불'이라는 구슬을 선물합니다. 예쁜 불이 타오르는 구슬이었습니다. 이 불이 꺼지지 않게 하려면 구슬 주인이 착한 일을 해야 합니다. 조개불을 받아든 호모이는 구슬을 잘 보살피겠다고 마음먹었습니다.

하지만 결심과 달리 호모이는 다른 동물들을 괴롭힙니다. 종다리를 구한 호모이를 다른 동물들이 받들어주자 마음이 변한 것입니다. 어느 날 호모이의 아빠가 "호모이가 나쁜 짓을 했으니 분명이 조개불이 꺼졌을 거야"라고 말하며 구슬을 꺼내 봤습니다. 그런데 놀랍게도 전날보다 더 예쁘게 타오르고 있었습니다.

제 심정이 꼭 이때와 비슷합니다. 비난받아야 할 상황인데 반대로 대우받고 있는 것 같아 마음이 편치 않습니다.

물론《조개불》에서는 호모이가 나쁜 짓을 계속하자 조개불이 평범한 돌멩이로 변합니다. 그뿐 아니라 아빠의 도움으로 호모이는 잘못을 뉘우치지만 앞을 보지 못하게 됩니다. 위험에 빠진 종다리를 구해주었음에도 욕심이 지나쳐 결국 화를 입게 된 것이지요. 그런 뒤에야 호모이가 커다란 깨달음을 얻으며 이야기는 끝이 납니다.

Ⅱ

영국에는 "친절한 말은 효과가 좋고 밑천이 들지 않는다"라는 속담이 있습니다. 이와 비슷하게 프랑스에는 "친절은 원수가 되지 않는다"라는 속담이 있습니다. 오래전부터 전해오는 속담을 보더라도 친절을 안 좋게 표현한 말은 없습니다.

한번은 이런 일이 있었습니다. 지갑 챙기는 것을 깜빡하고 전철을 타고 나서 차장에게 그 사실을 말했더니 다음에 전철을 탈 때 요금을 내라는 것이었습니다. 이것이 규칙이 아니라는 것은 누구나 알 것입니다. 저는 제 실수를 용서받았기 때문에 고마웠고, 차장이 말한 대로 다음번에 전철을 탔을 때 그때 안 낸 요금까지 냈습니다. 이런 정도의 융통성으로 난처한 사람을 도와준다면 "친절은 사회를 이어주는 금줄이다"라는 괴테의 말처럼 세상은 더욱 밝아질 것입니다.

하지만 저처럼 전철 요금이 없는 상황에서 제가 받은 친절이 통하지 않는 경우도 있었습니다. 문제의 학생들은 바지 주머니에 손을 넣은 채 전철을 타서는 당당하게 돈이 없다고 말하는 것이었습니다. 차장이 돈이 없으면 전철을 탈 수 없다고 말하자 학생들은 담뱃갑을 꺼내 "이걸로 대신 낼게요"라고 말하는 것이었습니다. 차장은 학생들의 예의 없는 행동에도 규칙만을 말할 뿐 물러서지 않았습니다. 그 모습을 바라보던 저는 차장에게 다가가 대신 요금을 물었습니다. 흥분한 차장은 "다른 손님에게서 돈을 받을 수는 없습니다"라고 대답했지만 저는 돈을 주고 내렸습니다. 마침 학생들도 저와 같은 정류장에서 내렸고 저는 그들이 나누는 대화를 듣게 되었습니다. "차장이 고집불통이네." "대신 요금 내준 아저씨도 이상하지 않아?"

친절은 베푸는 사람만 노력해서는 이루어지지 않습니다. 베푸는 사람, 친절을 받는 사람 모두 마음의 준비가 되어 있어야 가능합니다.

*

아주 부끄러운 일이지만 이와 함께 떠오르는 기억이 있어 여기에 밝혀보겠습니다. 제가 고등학교 때 일입니다. 학교가 끝나고 전철역에 내려 집으로 가는 길에 갑자기 비가 쏟아졌습니다. 그날 저는 우산을 갖고 있었기 때문에 얼른 우산을 꺼내 썼습니다. 그때 마침 한 여학생이 제 옆을 스치듯 지나갔습니다. 바로 제 친구가 마음을 두고 있는 여학생이었습니다. 그 여학생은 제 친구의 하숙집 옆에 살고 있었는데, 친구의 하숙집에 놀러 갔다가 몇 번 본 적이 있었습니다. 물론 그 여학생은 저와 제 친구를 전혀 알지 못했습니다.

11월 말이었기 때문에 제법 날씨가 싸늘했습니다. 빗줄기가 점점 거세지자 여학생은 비를 피하려고 자수가 놓인 가방을 머리 위에 쓰고 발걸음을 재촉했습니다. 그때 저는 여학생에게 우산을 같이 쓰자고 말해야 할지. 아니면 여학생과 다시 마주치지 않도록 아예 다른 길로 돌아가야 할지 망설였습니다. 어디에 사는지 알고 있지만 인사나 이야기를 나눈 적이 없는 여학생에게 우산을 같이 쓰자고 할 용기가 없었던 것입니다. 그러나 추운 날씨에 거센 빗줄기를 맞고 가는 여학생을 그냥 지나칠 용기도 없었던 저는 용기를 내서 여학생에게 다가가 작은 목소리로 말을 건넸습니다. "우산 같이 쓸래요?" 여학생은 제가 자신의 옆집에 하숙하는 고등학생의 친구라는 사실을 알고 있었는지 어땠는지 모르겠지만 주저하며 우산 안으로 들어왔습니다.

저는 이런 일이 처음이라 매우 어색해서 한마디도 건네지 못한 채 여학생의 집 앞에 도착했습니다. 눈인사를 건넨 뒤 여학생이 집에 들어가자 그제야 저는 친구의 집 창문을 올려다봤습니다. 놀랍게도 친구는 2층 창문에서 저를 바라보며 서 있었습니다. 제가 친구의 방에 들어가자 친구는 화가

난 표정으로 입을 꾹 다문 채 앉아 있을 뿐이었습니다. 제가 상황을 설명해도 친구는 믿지 않는 눈치였습니다. 그 일로 저와 친구는 어색한 사이가 되었고 대학교에 진학하면서 연락이 끊겼습니다.

제 입장에서는 길을 가다 친절을 베푼 것뿐인데, 어설픈 친절로 인해 저는 친구를 잃고 말았습니다.

Ⅲ

이처럼 같은 행동으로 두 가지 반대되는 결과를 경험하고 나서 저는 친절에 대해 다시 생각하게 되었습니다. 분명히 친절은 훌륭한 행동입니다. 그러나 친절을 베푸는 것이 항상 옳다고 할 수는 없습니다. 따라서 결과를 충분히 생각한 뒤에 실행할 필요가 있습니다. 즉 친절을 받는 입장에서 기쁜 마음으로 받아들일 수 있는지 생각해봐야 합니다.

프랑스의 모럴리스트 라 로슈푸코가 《잠언집》 첫머리에 "우리의 미덕은 거의 항상 가장한 악덕에 불과하다"라고 쓴 것처럼 때로 악덕이 아름다움이라는 가면을 쓰고 나타날 수 있습니다. 악덕이라고까지 할 수는 없더라도 미덕을 가장한 행동 뒤에 숨은 의도가 있을 수 있습니다. 아무 의도가 없을 때만이 진정한 친절이라고 할 수 있습니다.

*

우리의 일상은 끊임없이 상대방의 기분을 헤아리는 연속입니다. 차라리 모르는 남이거나 잠깐 만나고 헤어지는 사람이라면 오히려 단순하고 기분 좋은, 나중에 아무것도 남지 않는 친절도 가능하지만, 조금이라도 아는 사이라면 섣부른 친절로 오히려 기분이 상하게 되거나, 그것을 순수하게 받아들이기 어려운 경우가 생기기도 합니다.

제가 우산을 씌워준 그 여학생도 별 뜻 없는 제 행동으로 불안했거나 불쾌한 감정이 들었더라면 그냥 비를 맞는 편이 나았을지도 모릅니다.

선행도 그것이 폐가 될지 안 될지 그것을 받아들이는 사람 입장에서 여러 각도로 생각한 끝에 실행해야 합니다. 망설인다거나 소극적이라고 여겨질 수도 있겠지만 함부로 행동했다가 의도와는 다른 결과가 나타날 수도 있기 때문입니다. 하지만 평소 쓸데없는 기대나 나쁜 의도를 품지 않는다면 그것이 차차 곁에 있는 사람에게도 전달되고, 거기서 신뢰가 생겨나 선의가 왜곡되지 않고 전달될 수 있습니다. 서로 신뢰함으로써 실행되기 어렵다고 생각되던 일이 현실에서 실행될 가능성을 조금씩 높여나가야 한다고 생각합니다.

사랑의 표현에
대하여

A

우리는 사랑이라는 것이 내면에서 어떤 식으로 자라나는지 잘 모르는 상태에서도 사랑을 원하고 동경합니다. 사랑을 배운 적이 없어도, 그리고 지금의 마음이 사랑인지 잘 모르는 상황에서도 누군가를 향해 이끌리는 강렬한 기운을 느낍니다. 사랑의 힘은 자기력 같은 것이라고 생각합니다.

이런 예가 너무 평범할지도 모릅니다. 하지만 우리의 마음이 자석에 반응하는 물건이라고 생각해보면 어떨까요. 무언가에 이끌리듯 자석으로 빨려 들어가는 그 느낌말입

니다. 어릴 적에 말굽자석을 선물 받은 적이 있습니다. 못이
나 작은 칼에 자석을 갖다 대면 '착' 하고 달라붙는 것이 재
밌었던 기억이 납니다. 말굽자석은 철가루도 빨아들였습니
다. 철가루는 멀리서 작은 벌레처럼 꿈틀거리며 약간 망설
이다가 자석으로 날아와 붙었습니다. 하지만 약간 큰 물건
은 자석을 가까이 가져다 대면 움직이지 않았습니다. 재봉
틀 다리에 자석을 가져다 대자 반대로 자석을 쥔 손이 끌려
갔지요. 그때는 자석의 원리를 잘 몰라 그 모든 것이 놀랍고
신기했습니다. 자석 안에 어떤 힘이 있길래 때론 철을 끌어
당기고 때론 철에 이끌려가는지 무척 궁금했습니다. 물론
나이가 든 후에는 그때처럼 신기하지는 않지만, 사랑의 힘
을 비유하는 하나의 예로 자석이 여러 가지 생각을 하게 만
듭니다.

B
    제가 이해하는 바로는 사랑의 힘도 자석처럼 끌어당기는
힘이 되거나 끌려가는 힘이 됩니다. 그중에는 도대체 어느
쪽에 끌어당기는 힘이 있고, 어느 쪽이 끌려가는 입장인지
알 수 없는 경우도 있습니다. 또한 두 사람 모두 끌어당기

기만 한다면 문제가 될 것입니다. 그리고 끌어당기는 힘을 갖고 있으면서도 어느 순간 상대방에게 끌려가기도 할 것이며, 끌어당기지도 않았는데 뜻하지 않게 상대편이 이끌려 와서 난처하기도 할 것입니다. 그렇다면 사랑이 자석처럼 정확하지 않고 때로 다른 힘이 작용하는 이유는 뭘까요? 저는 그것이 '표현'이라고 생각합니다. 사랑에서 표현은 곧 의상과도 같습니다. 화려한 미사여구로 사랑을 표현하기를 즐기는 사람은 화려한 의상을 입고 상대에게 다가가는 것과 같습니다. 수수한 말로 사랑을 전달하는 사람은 수수한 의상을 입고 상대를 만나는 것과 같습니다.

　사랑을 표현할 때는 화려한 미사여구보다는 "사랑해!"라는 분명한 의사 표현이 좋다고 생각하는 사람도 있을 것입니다. 분명하지 않은 의사 표현 때문에 그 말의 진의를 파악하는 데 시간을 보내는 일은 어리석은 짓이라고 생각하는 사람이지요. 저는 사랑에는 무엇보다 표현이 중요하다고 생각합니다. 우리의 육체를 감싸는 의상이 소중한 것처럼 때로는 마음을 감싸는 의상이 그 이상으로 소중하다고 생각합니다.

C

그렇다면 사랑을 표현하는 의상은 어떻게 만들어질까요? 또 어떤 식으로 입어야 좋을까요?

사랑을 표현할 때 미사여구가 많으면 진심을 전하는 데 방해가 된다고 생각하는 사람도 있을 것입니다. 그런데 저는 반대로 자신만의 사랑 표현을 하는 것이 자신의 마음을 온전히 전달하는 좋은 방법이라고 생각합니다.

다음의 편지를 읽어볼까요?

당신의 방에 들어가기까지 저는 당신에게 많은 이야기를 들려주려 마음먹었습니다. 길을 걷는 내내 그 생각으로 머릿속이 가득했지만 당신의 얼굴을 보는 순간 죄다 잊어버리고 맙니다. 거참 난처한 일이로군요. 사랑하는 앙리에트, 당신의 얼굴을 보고 있으면 제 이야기가 당신의 아름다움을 한층 더 빛나게 하지 못하는 기분이 듭니다. 당신의 반짝이는 영혼과 어울리지 않는 것 같은 기분이 듭니다. 게다가 당신 곁에 있으면 행복하다는 생각 외에 지금까지 쌓아온 모든 일상의 감정이 싹 사라져버립니다. 당신과 함께 있으면 마치 거대한 바위를 등반하는 여행자가 걸음을 옮길 때마다 새로운 지평선을 발견하는 것 같은 기분입니다. 당신과 대화를 나누는 만큼 금은보화가 늘어나 풍요로워지는 느낌입니다. 안타깝게도 그런 까닭에 저는 당신 앞에서는 한마디도 할 수가 없습니다. 당신 곁을 떠나 있을 때만 당신을 향해 말할 수 있습니다. 당신 앞에 있을 때는⋯⋯.

이는 발자크의 《골짜기의 백합》에 나오는 편지 중 한 구절입니다. 궁극의 플라토닉 연애소설로 인정받는 작품이지요. 이 뒤로도 편지는 계속 이어집니다. 이 편지에서 어떤 느낌을 받았나요?

D

19세기의 전형적인 연애편지를 인용한 이유는 화려한 미사여구에 진심을 담을 수 있다고 말하고 싶기 때문입니다. 편지를 쓴 이는 펠릭스라는 청년입니다. 그는 앙리에트를 보는 순간 격정적인 사랑에 빠집니다. 물론 이 편지에 사랑한다는 말은 등장하지 않습니다. 그러나 우리는 펠릭스가 앙리에트에게 어떤 감정을 가지고 있는지 느낄 수 있습니다.

'당신의 반짝이는 영혼', '새로운 지평선을 발견하는 느낌' 등의 문구는 어떤 이에게는 과장되고 낯간지러운 표현이겠지만 당사자에게는 진실을 전달하기 위한 최선의 선택일 수 있습니다. 아니, 상대를 향한 깊은 사랑의 마음을 표현하는 데 부족하다고 생각할 수도 있습니다.

제가 사랑의 표현에 대해 말하고 싶은 것은 결국 그 깊고 크나큰 마음입니다. 오해를 막기 위해 첨언하겠습니다. 이 편지를 인용한 것은 고전적인 사랑 표현을 즐겨 사용하는 게 좋다는 뜻이 아닙니다. 저는 사랑은 은근히 드러나야 자연스럽다는 것에 동의합니다. 그러나 사랑은 꾸밈없이 말하는 것이 훨씬 어렵다는 말에도 동의합니다.

E

'은근히', '조심스럽게', '다소곳하게' 말한다는 것은 꾸미지 말라는 뜻이 아닙니다. 사랑을 표현하는 일은 큰 용기를 필요로 합니다. 부끄러움을 감수해야 하지요. 부끄러움은 우리에게 불필요한 감정이 아닙니다. 그것은 오히려 인간만이 가지는 지극히 자연스러운 감정입니다. 사랑을 표현할 때 미사여구를 사용하는 것이 부끄러운 것이 아니라 자신의 마음을 제대로 전달하지 못하는 것이 더욱 부끄러운 것 아닐까요?

자극적인 것으로 가득한 요즘 세상에서 사랑을 표현할 때마저도 자극적이어야 하는지에 대해 의문을 가질 수도 있습니다. 그러나 애정을 갖고 쓴 편지, 혹은 애정을 전달하려는 편지는 자극적일 수밖에 없습니다. 그것이 사랑의 본질입니다.

당신이 마음에 걸려 한순간도 잊을 수가 없습니다. 요 며칠 동안 제대로 잠들지도 못했습니다. 이런 기분은 제가 죽어도 영원히 지속될 것입니다. 불타오르는 제 심장이 느껴집니까? 미쳐 날뛰는 제 피가 느껴집니까? 저는 잠시도 가만있지 못합니다. 밤이나 낮이나, 당신이 언제 어디에서 무엇을 하든 저는 한 송이 꽃에 푹 빠져버린 한 마리 나비가 되어, 초라하게 날개가 찢어진 나비가 되어 당신 주변을 끊임없이 날아다니고 있습니다. 왜 당신은 그 모습이 보이지 않습니까? 아무리 강한 바람이 불어도 저를 당신 곁에서 절대로 날려 보낼 수 없습니다.

만약 누군가가 이런 편지를 썼다고 합시다. 요즘 세상에는 이런 식으로 편지를 쓰는 사람이 없을지도 모릅니다. 하지만 이와 비슷하게는 쓸지도 모른다고 생각해서 한번 써보았습니다. 느닷없이 이런 편지를 받아 읽은 사람은 마음이 흔들리고 자신도 모르는 사이에 사랑의 포로가 될지도 모릅니다. 그러나 미사여구를 꺼리는 이에게는 어처구니없게 들릴 수도 있습니다. "그래서 어쩌라는 거지?"라고 반문할 수도 있습니다. 만약 그렇다면 이 편지를 쓴 사람에게 대단히 미안해해야 할 일입니다. 진심을 몰라주는 것도 유죄입니다.

추억에
대하여

얼마 전 비 오는 늦은 밤에 손님이 아무도 없는 찻집의 문을 열고 "오늘 영업이 끝났습니까?"라고 물어보았습니다. "한 시간 정도 있고 싶은데, 안 된다면 말씀해주세요"라고 덧붙이자 젊은 남자가 "네, 어서 들어오세요"라고 대답했습니다. 그 말에 젖은 레인코트를 벗고 구석 자리에 앉아 두세 장의 원고를 서둘러 마무리해야겠다고 생각했습니다. 저는 너무 고요하지도 않고 너무 떠들썩하지도 않은 그런 찻집을 좋아합니다. 음악이 크게 흐르는 곳도 그다지 좋아하지 않습니다. 그곳에서 원고를 써야 하는 쑥스러운 상황이라면 더더욱 그렇습니다. 의자와 테이블이 멋지지 않더라도, 벽에 걸린 그림이 마음에 들지 않더라도 일단 적당히 조용한 곳이라면 좋습니다. 그날 찾은 찻집이 그런 곳이었습니다.

젊은 남자가 가게 안쪽으로 들어가고 그 대신 왼쪽 발에 붕대를 감은 중년 부인이 가게로 나왔습니다. 미안한 마음에 "늦은 시간에 와서 죄송합니다"라고 말하자 "오늘 밤은 비도 오고 발도 아파서……"라고 대답했습니다. 50대로 보이는 부인은 티눈 수술을 했다고 했습니다. 부인이 "잡지라도 읽으시겠어요?"라고 말하면서 여성 잡지 두 권을 가져다주었는데 부끄럽게도 제 글이 실린 잡지였습니다. 엉겁결에 "감사합니다"라고 말한 것을 계기로 이것저것 얘기하게 되었습니다. 젊은 남자는 부인의 아들이며 제가 고등학교에서 학생들을 가르칠 때 제 수업을 들은 적이 있는 학생이었습니다. 지금은 대학교를 졸업하고 은행원이 되었다고 합니다. 반갑다기보다 전쟁 후 임시 교사에서 겨우겨우 강의를 하던 기억이 떠올라 부끄러움이 앞섰습니다. 그래도 인연이 있다 보니 이야기는 꼬리에 꼬리를 물고 이어졌고, 놀랍게도 이들 모자와 저는 공통의 지인과 친구를 수십 명이나 알고 있었습니다. 제가 소식을 알고 있는 사람도 있었고 전혀 소식을 모르던 사람도 있었습니다. 부인은 전쟁으로 은행원이던 남편을 잃고 가게를 운영하면서 아들을 뒷바라지했다고 합니다. 어쨌든 그날 밤은 옛날이야기가 길게 이어졌습니다.

이처럼 살다 보면 지나간 일을 돌아보게 됩니다. 어쩌면 산다는 건 추억을 쌓아가는 과정일지도 모르겠습니다. 사실 저는 추억을 이야기하는 것을 즐기는 사람이 아닙니다. 좋은 추억이든 애써 지우고 싶은 추억이든 관계없이 과거를 자주 이야기하는 것은 좋지 않다고 생각합니다. 그래서인지 이렇게 예상하지 못한 상황에서 자연스럽게 추억에 잠기게 되는 것이 좋습니다. 이것이 제가 추억을 간직하는 방법입니다. 제 방법을 강요하고 싶은 생각은 없습니다. 사람마다 추억을 간직하는 방법이 다를 테니까요. 이런 방법이 좋다느니 저런 방법이 좋다느니 하는 것은 쓸데없는 참견입니다.

그래서 자신의 추억을 다른 사람 앞에서 장황하게 이야기하는 사람을 만나면 당황스럽습니다. 상대방이 슬픔에 잠겨 추억을 말할 때는 이야기를 끊는 일이 미안해서 말이 끝나기만을 기다린 적도 있습니다. 또 함께 경험하지 않으면 공감하기 어려운 경험담을 듣느라 진땀을 뺀 적도 있습니다. 제가 아는 사람 중에는 남들에게 자신의 추억을 말해주기를 매우 좋아하는 이가 있는데, 듣다 보면 매번 얘기가 보태지곤 합니다. 그의 이야기를 듣다 보면 가끔 그의 문학적 재능에 놀라게 됩니다. 슬픈 추억을 말할 때는 비련의 주인공이 되어 눈물까지 흘려서 그것이 꾸며낸 이야기라는 걸 알면서도 함께 슬퍼하게 됩니다.

그런 경험을 통해 저는 잊어버리는 편이 좋은 일은 잊어버리려고 노력하고, 아무리 노력해도 잊히지 않는 추억은 마음속 가장 깊은 곳에 넣어두었습니다. 기억을 끄집어내기가 성가실 정도로 깊은 곳, 충분히 열쇠로 잠글 수 있는 곳에 넣어두었습니다. 즐거운 추억은 즐거운 채로, 괴로운 기억은 괴로운 채로 어떠한 조작이나 왜곡도 하지 않고서 말입니다.

공통된 추억을 가진 두 사람이 이야기를 나눌 때도 조심해야 합니다. 앞에서 잠깐 이야기한 것처럼 추억은 자주 꺼낼수록 내용이 바뀌는 경향이 있습니다. 이야기가 더해지거나 삭제되는 과정이 반복되면 심하게 왜곡된 채로 기억되기도 합니다. 게다가 두 사람의 기억이 같으리라는 보장도 없습니다. 예를 들어 어느 해 여름 사과를 나눠 먹은 적이 있는 연인이 그 추억을 함께 되새길 때 기억이 일치하지 않을 수 있습니다. 한 사람은 그렇게 맛있는 사과를 먹어본 적이 없다고 기억하고 다른 한 사람은 너무 시큼해서 맛이 없었다고 기억할 수 있습니다.

결과적으로 추억을 간직하는 가장 좋은 방법은 자주 꺼내보지 않는 것입니다. 가능하다면 추억이 간직된 곳에 단단히 열쇠를 잠그고 추억을 꺼내고픈 유혹을 이겨내는 것입니다.

동경하는
법에 대하여

저는 어려서부터 친구 집에 놀러 가는 일이 별로 없었습니다. 외톨이였던 탓도 있었지만 유치원에 다닐 때 친구 집에서 아주 고약한 경험을 했기 때문입니다. 그 친구네 집은 넓은 서양식 집이었는데 그 집에서 숨바꼭질을 하게 되었습니다. 그런데 어린 저에게 집이 너무 넓어서 어찌해야 좋을지 몰라 당황스러웠습니다. 왠지 노는 것이 아니라 괴롭힘을 당하는 기분이 들어 울음을 간신히 참았습니다. 외톨이는 혼자 노는 게 가장 편하다는 사실을 깨달은 슬픈 기억입니다. 그 후로 친구 집에 놀러 간 적이 거의 없습니다.

그러다 중학생 때 거절할 수 없는 상황이어서 친구 집에 가게 되었습니다.

그 친구의 방과 문 하나를 사이에 두고 친구 누나의 방이 있었습니다. 친구 부모님이 선박 회사를 경영하고 있었기 때문인지 친구의 방에는 커다란 기관선 그림이 두세 장 걸려 있었습니다. 그리고 누나의 방에는 가극단의 여배우 사진 여러 장이 벽 한 면 전체에 붙어 있었습니다. 더 놀라운 것은 벽에 붙은 사진이 모두 같은 여배우의 사진이라는 것이었습니다. 방 주인이 제정신인지 의심스러웠습니다.

지금은 연예인 사진을 벽에 붙여놓는 일에 놀라지 않습니다. 그런 사람이 많다는 사실을 알았기 때문에 저 나름대로 그런 현상에 해석을 덧붙여 납득할 수 있게 되었습니다. 그런데 당시에는 그런 걸 처음 봤기 때문에 무척 놀라웠습니다. 그리고 친구 누나의 방을 보는 순간 그 시절 아주 유명했던 광인이 떠올랐습니다. 마쓰자와 병원의 아시와라 '장군'(천황에게 직접 상소하려다가 미수에 그치면서 유명해진 과대망상증 환자로, 스스로 장군이라 칭했다-옮긴이)인데 잡지에서 그가 사는 방을 본 적이 있었습니다. 놀랍게도 친구 누나의 방은 그 미치광이의 방을 떠올리게 했습니다. 친구에게 "네 누나, 괜찮아?"라고 묻고 싶은 것을 간신히 참았던 기억이 지금도 생생합니다.

이처럼 연예인에게 빠지는 과정을 통해 성장해가는 사람은 현재도 많고 그다지 신기한 일은 아닙니다. 그런 현상에는 꽤 복잡한 요소가 포함되어 있겠지만 한마디로 '동경'이라고 할 수 있습니다.

저는 그다지 심하지만 않으면 이런 종류의 동경은 나쁘지 않다고 생각합니다. 브로마이드 사진이 한 장에 얼마인지 모르겠지만 그것을 붙여두고 대화하고 푸념하고 기도하고 위로를 받을 수 있다면 그것은 인간이나 신을 대신하는 것이라고 생각합니다.

좀처럼 마음을 진정시키기 어려울 때 가까이 있는 사람이나 아끼는 물건에 의지하는 대신 아득히 먼 곳에 있는 것, 절대 내 손에 닿지 않는 것을 동경의 대상으로 삼아 그로 인해 마음의 안정을 찾고 나아가 중심을 찾게 된다면 그야말로 반가운 일입니다.

이보다 조금 더 현실적인 동경도 있습니다. 돈이 많은 사람이나 돈이 많으면 할 수 있는 일을 동경하는 경우입니다.

일관되게 말할 수는 없겠지만 동경이 없는 생활은 평온할 수 있습니다. 하지만 삶이 무미건조할뿐더러 동경의 대상이 있는 사람에게서 느껴지는 싱그러운 향기 같은 건 찾을 수 없습니다.

*

일심이나 일념은 좋은 경우든 나쁜 경우든 대단한 일입니다. 일심이나 일념으로 보통 사람은 도저히 흉내 낼 수 없는 일을 해내는 경우도 많습니다.

제가 아는 한 부인은 겉보기에는 꽤 단아한 사람입니다. 하지만 지루함을 견디지 못하는 성격입니다. 동경의 대상이 없으면 참을 수 없어 하고, 동경의 대상을 찾았다가도 얼마간 시간이 지나면 시들해지곤 합니다. 그러면 새로운 동경의 대상을 찾아 나섭니다.

동경의 대상이 바뀔 때마다 그녀는 그것에 필요한 도구를 사 모으기를 즐깁니다. 요즘에는 목공 공구, 페인트, 정원용품을 샀습니다. 최근에 집을 개조하고 정원을 가꾸는 일에 빠져 있기 때문입니다. 울타리에 페인트칠을 마치자마자 이번에는 정원에 커다란 연못을 만들어서 백조를 키우려는 계획을 세우고 있다고 합니다.

부인의 행동은 보는 사람에 따라서는 일종의 사치로 보일지도 모르지만 저는 그렇게 생각하지 않습니다. 그녀는 늘 새로운 일을 계획합니다. 그 계획은 결코 현실과 동떨어진 것이 아니기 때문에 그녀는 마치 생활을 연구하고 실천하는 사람으로 보입니다.

주변에서 목공 일을 부탁하면 꽤 색다른 선반이나 의자를 만들어주기도 합니다. 그녀가 대패와 톱을 사용하는 모습을 본 적이 있는데 굉장한 솜씨에 감탄했습니다.

자신의 삶과 멀리 떨어진 것을 동경하면서 마음의 위안을 받는 것도 좋지만 이처럼 현실과 맞닿은 동경을 통해 삶을 새롭게 가꿔나가는 것도 더할 나위 없는 일이라고 생각합니다.

감상의 심리에
대하여

"친구들이 저 보고 감상적이라고 놀려요. 사실 전 제가 감상적인 사람인지 잘 모르겠어요. 또 그게 놀림의 대상이 될 만한 일인지도 잘 모르겠어요."

만약 이런 상담을 받는다면 저는 어떻게 대답해야 할까요? 저는 아마 "감상적이라는 말은 심각한 의미가 있는 게 아니에요. 그리고 감상적인 성향이 웃음거리라고 생각하지 않아요"라고 대답할 것입니다.

제가 감상적인 사람을 옹호하고 싶어 하는 이유도 있지만 그에 앞서 감상적이라며 놀리는 사람이 저는 싫습니다.

이에 대해서는 뒤에서 좀 더 자세히 설명하겠습니다.

저는 다이쇼 시대(1912~1926년)에 태어났습니다. 어떤 이들은 다이쇼 시대를 망국의 시대라고 표현하기도 하지만 저는 다이쇼 시대가 낭만을 추구하는 사람들의 전성시대였다고 생각합니다. 그 시대에는 거리에도 낭만이 넘쳐흘렀습니다. 바이올린이나 다이쇼 고토(일본의 현악기-옮긴이)를 연주하는 음악가를 쉽게 만날 수 있었고 그 음악을 감상하는 이도 매우 많았습니다.

또한 제가 어렸을 때는 긴 속눈썹에 뺨이 붉은 다케히사 유메지(다이쇼 시대의 낭만을 대표하는 화가이자 시인-옮긴이)의 그림을 여기저기서 볼 수 있었습니다. 그뿐 아니라 다이쇼 시대 서정 시인들의 애잔하고 구슬픈 노래를 쉽게 접할 수 있었습니다. 자연스럽게 저는 시와 그림을 보며 자주 감상에 빠지곤 했습니다. 그때는 비단 저 같은 젊은이뿐 아니라 나이 든 사람에게도 감상적인 면이 있었습니다.

물론 저에게도 감상적인 것은 소녀나 젊은 여성의 전유물이라고 생각하던 시절이 있었습니다. 이런 제 편견은

1923년 간토 대지진 후에 모던 보이와 모던 걸이 늘어날 때까지 계속되었습니다. 소녀와 여성들은 손에 꽃을 들거나 새끼 고양이를 무릎에 앉히고 사진 찍는 것을 좋아한다고 생각했습니다. 또한 아무 이유 없이 우는 것이 그들의 특징이라고 알고 있었습니다.

지금도 감상적이라는 말을 들으면 소녀나 젊은 여성을 떠올리는 사람이 많을 것입니다. 그들이 생각하는 감상적인 행동은 예를 들면 이렇습니다.

'한 소녀가 창가에서 저녁노을이 지는 하늘을 하염없이 바라봅니다. 긴 머리의 소녀는 자주색 리본으로 머리를 묶고 한 손에는 시집을 들고 있습니다. 누구의 것인지는 모르는 시집에는 마크라메(서양 매듭-옮긴이)로 만든 예쁜 책갈피가 끼워져 있을 것이 틀림없습니다. 소녀는 시를 읽다가 때로 눈물을 글썽이기도 합니다.'

감상적이라는 말은 지나치게 슬퍼하거나 쉽게 기뻐하는 경향을 가리키는 말입니다. 영어로 센티멘털리즘이라고 하는 감상주의는 문예사조에서도 찾아볼 수 있습니다. 감수성을 중시 여기는 감상주의는 계몽주의에 대한 반발로 나타났습니다. 그렇기 때문에 논리나 이성보다 인간의 감성과 도덕성을 더 중요시합니다.

이처럼 감상주의는 순수를 바탕으로 하기 때문에 기본적으로 감상적인 사람은 순수합니다. 도시적이라기보다는 촌스러운 경향이 있다고 할 수도 있습니다. 감상적인 사람을 놀리는 사람은 그들이 세련되지 않은 점, 이성적이지 않은 점을 촌스럽게 여길 것입니다.

그런데 저는 감성적인 사람을 비웃는 사람들에게 이렇게 말해주고 싶습니다.

"당신은 저녁노을이 지는 하늘을 봐도, 저녁 무렵 항구를 아름답게 밝히는 등불을 봐도, 쇼팽의 녹턴을 들어도, 맛있는 음식을 먹어도 아무런 감흥을 느끼지 못하나요? 이런 아름다운 순간이 당신에게는 그저 매일 보는 하늘이고, 등불이고, 음악이고, 음식일 뿐인가요?"

살다 보면 누구나 감상적이 될 때가 있습니다. 하지만 현대인은 자신의 속내를 숨기는 것을 생활신조로 여기고 자라왔기 때문에 좀처럼 감정을 드러내지 않습니다. 감상적인 순간에도 속마음과는 달리 깔깔대고 웃거나 큰 소리로 떠들곤 하지요. 마찬가지로 다른 사람이 감상에 빠져 있는 것을 보면 거기서 빠져나오게 해야 한다고 생각합니다. 그래서 꼭 필요하지 않은 말을 걸어 웃게 만들려고 합니다. 이것이 감상적인 감정을 대하는 현대인의 모습입니다.

물론 제 해석이 틀렸을 수도 있습니다. 아니, 틀리기를 바랍니다. 왜냐하면 감상적인 기분을 숨기고 사는 삶은 외롭기 때문입니다. 그래서 저는 감상적인 마음을 숨기려 하지 않습니다. 거리를 걸으면서 습관처럼 높은 건물의 창문을 올려다봅니다. 그곳 어딘가에 예쁜 꽃이 핀 화분이 저를 반겨줄 수도 있으니까요. 얼굴이 하얀 소녀가 손수건을 들고 앉아 있을지도 모르니까요. 물론 그런 풍경은 좀처럼 만나기 어렵습니다. 현실은 그저 제비 한 마리가 휙 지나갈 뿐이지요.

그렇다고 해서 이 세상에서 감상이 사라지고 있다고 생각하고 싶지는 않습니다. 감상적인 풍경이 어딘가에 있다고 믿고 싶습니다. 단지 우리가 알아차리지 못하는 것일 뿐이라고요.

순결에
대하어

'순결'이라는 말에는 실로 많은 의미가 포함되어 있습니다. 사전을 찾아보면 '잡된 것이 섞이지 않고 깨끗하다', '마음에 사욕이 없어 깨끗하다', '이성과의 육체관계가 없는 상태' 등 다양한 뜻이 담겨 있습니다. 순결한 영혼, 순결한 마음, 순결한 사랑…… 불결한 것보다 순결한 것이 바람직하다는 생각은 너무 당연하게 여겨질 것입니다. 추한 것보다 아름다운 것, 더러운 것보다 깨끗한 것이 환영받는 이치와 같습니다.

저 역시 마찬가지 마음입니다. 저는 순결이 자신을 꾸미지 않는 것, 나아가 자기기만에 빠지지 않는 것이라고 생각합니다. 그렇다면 불결은 자신도 모르는 사이에 외부의 힘, 즉 자신의 생각과 다르지만 거부할 수 없는 힘에 꺾이는 것이라고 생각합니다. 이런 관점에서 순결에 대해 이야기해 보겠습니다.

순결을 잘 이해하려면 불결에 대해서 알아야 합니다. 많은 사람들이 순결을 추구하지만 우리가 살아가면서 마주치는 것은 순결뿐만이 아니니까요.

*

많은 사람들이 순결의 상징으로 성직자를 떠올리곤 합니다. 인간이 속세를 떠나 오직 신앙의 한길을 걷는 것만큼 순결하고 고결한 삶은 없을 것입니다. 저는 아주 오래전 한 절의 경내에서 여승을 만난 적이 있습니다. 그 청아한 모습이 지금까지 생각나는 것을 보니 상당히 강한 인상을 받았던 모양입니다. 당시 제가 젊은 남성이었기 때문에 여승을 보고 놀란 것만은 아닙니다. 아마 여성들이 봤어도 그 자태에 놀랐을 것이라고 생각합니다.

성직자의 길을 택한 이들은 소수입니다. 그리고 그 길을 택하지 않은 사람들은 그들의 삶이 어떤지 자세히 알지 못합니다. 그저 가끔 죽음을 상상하듯이 '내가 만약 성직자의 삶을 산다면 어떤 모습일까?' 하고 상상해볼 따름이지요.

성직자의 길을 걷는다는 것은 결코 쉬운 일이 아닙니다. 어지간한 각오가 아니고서는 선택하기 어려운 길이기에 높이 평가받는 것이겠지요.

동서고금을 막론하고 속세를 떠나는 일은, 거기에 평화가 깃들어 있을지는 모르지만 상상 이상의 엄격한 규율의 세계로 들어가는 일이라고 생각합니다. 잘은 모르지만 그 길을 택하는 이들은 무언가 특별한 점이 있을 거라 여겨집니다.

제가 어렸을 적에 알고 지내던 누나가 수녀원으로 들어갔다는 이야기를 들은 적이 있습니다. 저에게 일부러 그 이야기를 전해준 사람은 없었지만 다른 사람들이 하는 이야기를 어쩌다 듣게 되었습니다. 어떤 사람은 불쌍하다고 했고, 어떤 사람은 부럽다고 했습니다. 그리고 대체 왜 그랬는지 기억이 나지 않지만, 저는 왠지 그 누나에게 화가 났던 것 같습니다. 어린 마음에 부모, 형제, 친구와 떨어져 사는 삶을 선택한 누나를 이해할 수 없었던 것입니다. 평범한 삶을 포기하는 것이 어디론가 숨는 것이라고, 비겁한 행동이라고 생각했던 것 같습니다. 누나의 부모님이 슬퍼하는 모습을 보고 누나가 부모님 마음을 아프게 했다고 생각했던 것 같습니다.

*

성직자만 순결한 삶을 사는 것은 아닙니다. 그렇다면 평범한 삶을 살아가는 우리에게 순결은 어떤 의미일까요? 저는 순결이 소중하다는 데 백번 공감하지만 우리 현실에 순결의 개념을 적용시키는 것은 조금 이상하다고 생각합니다. 적절한 예가 될지 모르겠습니다만, 순금은 귀한 것이지만 우리 생활에서 순금을 그대로 사용할 수는 없습니다. 순금은 때로 다른 광물과 섞여야 비로소 단단해지고 값어치가 있어집니다.

조금 억지스러운 비유로 들릴 수도 있겠지만, 인간도 금과 마찬가지로 몸과 마음이 극도로 순화되면 결국 인간다움을 잃어버리게 될 것입니다. 또한 몸과 마음 중 어느 한쪽만 순화되었을 때 기형이 됩니다. 하지만 우리에게는 그런 기형적인 모습이 아닌, 인간다운 모습을 잃어버리지 않는 방법이 분명히 있습니다.

저는 그 방법을 이상형에서 찾고자 합니다. 자신의 이상형을 남에게 강요하든 아니든 상관없지만, 철학자 아미엘이 말했듯이 우리는 늘 각자 다른 이상형을 가지고 그것을 좇습니다. 그리고 그 모습에 이르렀을 때는 다시 그 앞에 더 높이 서 있는 인간의 모습을 이상형으로 그리게 됩니다.

저는 이렇게 계속해서 이상형을 갖는 것이 아주 중요하다고 생각합니다. 아이들은 어른을 모방하며 성장하기 쉽습니다. 아이들을 걱정하는 부모와 교육자라면 아이들이 이상형을 만들어가도록 도와줘야 합니다. 아이는 자신이 배운 것, 그리고 사회와 환경의 요구를 반영해 이상형을 만들어가게 됩니다. 그 이상형은 점점 실현될 수 있는, 현실적인 모습으로 발전하는데 그 과정에서 잘못된 판단을 할 수도 있습니다. 그렇게 되지 않도록 도와주는 것이 교육입니다. 적어도 교육의 중요한 부분입니다.

*

저는 다음과 같은 얘기도 순결이라는 주제에서 벗어나지 않는다고 생각합니다. 저는 고집 있는 사람을 좋아합니다.

당당히 자신의 생각을 밝히고 그것을 관철하기 위해 노력하는 사람이 우리 사회에 필요하다고 생각합니다.

물론 조직 생활을 할 때는 자신과 주변의 관계를 늘 세심하게 고려해야 합니다. 하지만 요즘 우리 사회는 지나치게 조심하는 경향이 강해, 이른바 처세를 잘하는 사람이 늘어나고 있습니다. 저는 특히 오래된 관행을 비판 없이 기꺼이 따르는 젊은이가 늘어나고 있는 것이 가장 신경 쓰입니다. 조직 사회에서 견뎌내려면 그 편이 편할지 모릅니다. 하지만 그런 선택이 제 눈에는 약삭빠른 행동으로 보입니다.

*

고집을 부린다는 것은 적어도 자신이 생각하는 바가 있다는 것입니다. 또한 그것을 주눅 들지 않고 주장할 정도로 확신이 있다는 것입니다. 자기 생각이 없거나 확신이 없다면 고집을 부릴 수 없을 테니까요. 이렇게 확고한 자기주장을 갖고 있는 사람이 용기 있는 사람입니다. 다만 자신의 주장을 관철시키는 데는 전략이 필요합니다. 때와 장소를 잘 가려야 하며 특히 타이밍을 잘 맞춰야 합니다. 고집을 부린다는 것은 그렇게 해서라도 관철시키고 싶은 바가 있다는 것인데, 잘못된 일을 바로잡는 일에는 많은 시간과 노력이 필요하기 마련입니다.

때론 손해를 감수해야 합니다. 제가 학교에서 학생들을 가르칠 때 경험한 일입니다. 학생 중 한 명이 공부도 잘하고 인성도 좋은데 꼭 면접에서 떨어지는 것이었습니다. 그 학생의 사상이 건전하지 않은 것도 아니었습니다.

알고 보니 면접관의 심술궂은 질문에 요령을 피우지 않고 곧이곧대로 이야기하는 것이 문제였습니다. 예를 들어 어떤 문제가 발생했을 때 담당자가 진실을 말하면 회사가 손해를 입어야 하는 상황이고 진실을 덮으면 회사가 위기를 모면할 수 있는 상황이라고 가정할 때 이 학생은 회사가 잠시 어렵더라도 진실을 말하는 것이 옳다고 대답하는 성격이었던 것입니다. 그와 비슷한 일로 몇 차례 면접에서 불합격했지만 그 학생은 늘 웃는 얼굴이었습니다. 그래서 저 역시 면접관의 말에 장단을 잘 맞추면 합격할 것이라고 말하지 않았습니다.

저는 아무리 손해를 보더라도 이런 솔직함을 지니고 고집을 부리는 사람을 좋아합니다. 그리고 이런 사람의 삶 속에서 순결을 느낍니다. 이런 사람은 큰 회사에 들어가서도 괜히 우쭐해하지 않으며 감언이설에 넘어가지 않을 것이므로 잘못을 저지르는 일도 없을 것입니다. 어떤 사람은 융통성 없다고 생각할 수도 있습니다. 어쩌면 그 때문에 출세도 늦어지겠지만, 그렇다고 그에 연연하지 않을 것입니다.

저는 이런 사람이 좋습니다. 이런 사람이 세상을 좋은 방향으로 바꾸는 데 보탬이 된다고 생각합니다.

*

앞서 말한 대로 평범한 삶을 살아가는 우리에게 순결이란 자신을 꾸미지 않는 것, 자기기만에 빠지지 않는 것이라고 생각합니다. 불결이란 자신이 모르는 사이에 외부의 힘에 꺾이는 것이라고 생각합니다. 외부의 힘이 매우 강해서 꺾이는 경우도 있고 지레 겁을 먹고 스스로 뜻을 접을 수도 있습니다.

만약 전자의 경우라면 순결을 잃었다고 할 수는 없습니다. 충분히 노력한 결과이므로 이런 시련을 통해 인간이 완성되어갈 뿐입니다. 후자의 경우라면 정신적인 순결을 잃어버린 것이라고 할 수 있습니다. 눈으로 확인하기는 어렵지만 몸을 관리하지 않아 더러워질 경우 피부가 갈라지고,

윤기가 사라지고, 기미가 생기는 것처럼 우리의 마음도 균형이 깨져 아름다움을 잃어갑니다. 몸이 극도로 더러워지면 얼굴이나 손을 씻는 일이 중요하지 않습니다. 그런 것처럼 마음의 균형이 깨지면 더 이상 마음을 관리하지 않게 되는 것이 가장 큰 문제입니다.

순결은 남에게 잘 보이려고 꾸미는 것이 아닙니다. 예를 들어 청결을 유지하기 위해 손톱을 자르는 것과 더욱 아름다워 보이기 위해 손톱을 붉게 칠하는 것과는 큰 차이가 있습니다. 얼굴을 깨끗이 씻는 것과 화장을 하는 것도 완전히 다릅니다. 순결은 전자에 가깝습니다. 있는 그대로의 모습을 보여주는 일이 부끄럽지 않도록 자신을 정돈하는 것, 이것이 우리가 추구해야 할 순결입니다.

어리석음에
대하여

"인간은 어리석은 존재다."

저는 이 말을 싫어합니다. 인정하고 싶지 않습니다. 저도 모르게 무심코 사용하는 경우도 있지만 가능하면 사용하지 않으려고 노력합니다. 저는 현명해지고 싶습니다. 제가 현실에서 부딪히는 일을 제대로 이해하고 싶습니다. 나아가 다른 이의 주장은 물론 몸짓에 담긴 진의를 정확히 파악하고 싶습니다. 또한 크고 작은 제 실수를 줄이고 싶습니다. 이런 마음 때문인지 '인간은 어리석은 존재'라고 단정 짓는 것이 싫습니다.

제아무리 현명하게 행동해도 인간은 결국 어리석은 존재라고 깨닫는 것이 현명한 일일 수도 있습니다. 이런 깨달음은 더 나은 사람이 되고자 노력하는 것으로 이어집니다. 더 나은 삶을 살고 싶은 바람으로 이어집니다. 그러나 인간은 어리석기 때문에 '노력해도 소용없다'고 생각한다면 그것은 깨달음이 아니라 허세일 뿐입니다.

이런 생각을 가진 사람과 대화를 나누는 것이 저에게는 크나큰 고통입니다. 한번은 이런 적이 있습니다. 제 생각을 상대에게 전달하기 위해 열과 성을 다해 이야기했는데 돌아온 것은 "아는 것이 많아도 손해를 볼 수 있습니다. 때로 어리석은 편이 나아요"라는 대답이었습니다. 당시 저는 매우 분개해서 대꾸조차 못 했습니다.

인간의 어리석음에 대해 말할 때 파스칼이 떠오릅니다. 수학자이자 과학자이며 철학자였던 파스칼은 인간의 비참함과 위대함을 동시에 일깨워준 철학자입니다. 그 자신은 세상을 파악하기 위해 온갖 지식을 열정적으로 추구했지만 결국 인간은 모든 것을 알 수는 없다는 사실을 인정했습니다. 그리고 계몽주의에 빠져 인간과 이성을 숭배했던 당대 사람들에게 이성의 어리석음과 한계를 인정하고 신을 믿을 것을 권유했지요. 나아가 인간이 의미 있는 삶을 사는 데에는 기독교 신앙이 매우 중요하다고 생각해 사람들을 신앙으로 이끌기 위해 많은 노력을 했습니다. 파스칼은 신앙이 없는 것은 일종의 게으름이라 생각했습니다. 인간이 아무리 이성적이며 지적인 척해도 결국 인간의 가장 큰 특징은 불안, 권태라고 생각했지요. 또한 소중한 나날을 신앙이 아닌 것을 좇으며 보내는 인간의 어리석음을 한탄했습니다. 신앙을 떠나 저는 인간이 어리석다고 판단한 파스칼의 말은 그대로 받아들이기 어렵습니다.

*

여러분은 어리석음과 그렇지 않음을 판단하는 기준이 뭐라고 생각하나요? 저는 그 기준을 잘 모르겠습니다. 어떤 사람은 한 번뿐인 인생을 살면서 어떤 일을 할 때 과감하게 행동하지 못하고 주저하는 태도가 어리석다고 생각할 수도 있습니다. 또 어떤 사람은 재능이 없는 일에 매달려 포기하지 못하는 자세를 어리석다고 생각할 수 있습니다. 또 표현하지는 않지만 우리는 남이 하는 일에 대해 어리석다고 판단할 때가 많습니다. 이처럼 어리석음을 판단하는 기준은 제각각입니다.

　다른 사람의 행동을 어리석다고 판단하기는 쉬워도 자신의 행동을 어리석다고 판단하기는 쉽지 않습니다. 우선 자신의 행동을 냉정하게 판단하는 것이 쉽지 않지요. 또한 자신의 행동이 어리석었다고 판단하고도 그것을 인정하기가 쉽지 않습니다.

　저는 어제 받은 동인지에서 단편소설 한 편을 읽었습니다. 흔한 연애소설인데요, 안타깝게도 소설의 두 주인공이 스스로를 어리석은 인간이라고 생각해서 좋아하는 마음을 전달하지 못합니다. 그들은 서로의 마음을 확인할 기회가 여러 차례 있었지만 모두 놓치고 맙니다. 이들에게서는 사랑을 시작하는 연인들에게서 흔히 볼 수 있는 무모함을 찾아볼 수 없습니다. 하다못해 예쁜 꽃이 피어 있는 꽃밭을 지날 때는 그 꽃을 따서 연인에게 바치고 싶은 마음이 생기기 마련인데 두 사람은 꽃을 딸까 말까 망설이다 단 한 발자국도 다가가지 못합니다. 그들도 꽃을 꺾어 마음을 전달하면 서로에게 조금 더 다가갈 수 있다는 사실을 알고 있습니다. 그럼에도 정작 행동으로 옮기지는 않습니다.

제가 작가의 의도를 제대로 파악하지 못했는지 모르겠습니다만, 저는 이 소설을 읽으며 독자들이 어리석음에 대해 생각해보기를 바라는 작가의 마음이 담겨 있다고 느꼈습니다.

*

우리는 지금 어리석음에 대해 이야기하고 있습니다. 이런 이야기를 하는 이유는 어리석어지기 위해서가 아니라 현명해지기 위해서입니다. 어리석음에 대해 이야기를 하다 보니 떠오르는 일이 있습니다. 1년 전쯤으로 기억됩니다. 당시 저는 단단한 바위 사이에 깊이 뿌리 내린 꽃에 반해 그 꽃을 저희 집 정원으로 옮겨 심을 방법을 궁리하느라 여념이 없었습니다. 주변에서는 '어리석고 쓸모없는 일'이라며 저를 말렸습니다. 바위가 매우 단단하기 때문에 꽃을 캐기가 어려울뿐더러 설사 옮겨 심는다고 해도 그 꽃은 저희 집 정원에서 잘 자랄 수 없다는 것이 말리는 이유였습니다. 그 말을 듣고서야 제가 꽃에 마음을 빼앗겨 그 꽃이 정원에서 자랄 수 있는 꽃인지 확인조차 하지 않았다는 사실을 깨달았습니다. 하지만 그 사실을 알고 나서도 저는 해보지도 않고 포기하라고 말하는 이들의 마음을 이해할 수 없었습니다. 그런데 이 글을 쓰면서 비로소 제가 어리석었다는 것을 인정하게 되었습니다. 무리하게 화초를 캐서 옮기려 했던 제 행동이 어리석었다는 의미가 아닙니다. 꽃의 특성, 정원의 흙 상태 등을 고려했을 때 꽃을 옮겨 심는 것이 불가능할 수도 있다는 사실을 알고 나서도 실패하기 전에는 그 사실을 인정할 수 없다고 생각한 제 행동이 어리석었다는 의미입니다. 정확히 표현하자면 실패할 것이라는 사실을 알기 전에 하는 행동은 어리석다고 할 수 없습니다. 그러나 실패할 것이라는 사실을 알고 나서도 그 행동을 계속하는 것은 어리석은 일임에 틀림없습니다.

*

무지는 어리석음이 아닙니다. 모르고 행동하는 것을 어리석다고 말하고 싶지 않습니다. 여름밤의 모닥불 안으로 뛰어들어 죽는 나방도, 아메리카 대륙을 몰랐던 고대인도, 우주에 대해 약간의 지식밖에 모르는 현대인도 무지하지만 어리석다고 할 수는 없습니다. 어리석음은 잘 알고 있으면서도 그것을 몰랐을 때와 똑같이 행동해서 곤욕을 치르거나 실패하거나 괴로워하는 것입니다.

프랑스 의학자 샤를 리셰는 《인간은 어리석은 존재》라는 책에서 이와 비슷한 이야기를 했습니다. "어리석음은 우리가 이해하지 못했던 것이 아니라 마치 이해하지 못했던 것처럼 행동하는 것을 가리킵니다. 즉 자신을 고통스럽게 하거나 불행하게 만드는 원인을 알고 나서도 그것을 피하려 하지 않는 것이 어리석음입니다."

왜 이런 생각을 하게 되었을까요? 저는 인간에게 주어진 지혜를 잘못 사용하는 것을 원하지 않습니다. 다시 말해 저에게 주어진 지혜를 잘 사용해서 현명하게 살고 싶습니다. 이 글을 시작하며 현명해지고 싶다고 밝힌 이유도 이와 같은 맥락입니다. 인간이 얻을 수 없는 지혜를 원하는 것이 아니라, 주어진 지력과 지혜를 훌륭히 사용할 수 있게 되기를 바랍니다. 그것이 인간으로 태어나 어리석지 않게 사는 길이라고 생각합니다.

비겁함에
대하여

A

간토 평야는 무척 넓습니다. 하지만 기차를 타고 두세 시
간 달리면 이내 산이 눈앞을 가로막고 평야는 끝납니다. 간
토 평야 한가운데에 자리한 마을에 볼일이 있어 기차를 타
고 갔다가 돌아오는 길에는 비교적 시간이 한가해 사흘 정
도 걸어서 돌아왔습니다.

돌아오는 길에 머물렀던 마을에서 약간 별난 청년을 만
났습니다. 지금 그 청년의 이야기를 들려주려고 합니다. 그
날 저는 오래된 여관에 묵고 아침에 평소보다 일찍 일어나

서 하릴없이 여관 앞을 서성이다가 한 청년을 보았습니다. 그는 자신의 몸집보다 훨씬 커다란 짐을 짊어지고 역 쪽으로 힘겹게 걸어가고 있었습니다. 짊어진 것이 무엇인지 알 수 없지만 꽤 무거워 보였고 청년은 곧 쓰러질 것처럼 위태해 보였습니다.

그때 여관 주인아주머니가 나와 그는 마을의 일꾼으로 불릴 정도로 남의 일을 자신의 일처럼 돕는 청년이라고 말해주었습니다. 무거운 짐을 지고 가는 이를 보면 저렇게 대신 들어주고 남의 밭일을 대신 해주며, 혼자 움직이지 못하는 환자를 병원까지 데려다주는 등 청년의 손길이 미치지 않는 곳이 없을 정도라고 했습니다. 젊은 사람이 신념이 강해 다른 사람이 고생하는 모습을 보면 반드시 도와줘야 직성이 풀린다고 했습니다.

저는 언제부턴가 이런 이야기를 들으면 무조건 감동하기보다는 그 사람이 왜 그런 행동을 하는지 따져보게 되었습니다. 결코 아무나 할 수 없는 일이라는 것을 너무 잘 알기 때문입니다. 이번에도 마찬가지였습니다. 여관 주인아주머니에게 말하지는 않았지만 젊은이의 행동이 수상했습니다. 저는 마을의 문방구 겸 잡화점에서 편지지와 봉투를 사면

서 그 청년에 관해 꼬치꼬치 물어보았습니다. 가게 주인이
그가 성실한 일꾼이고 친절한 젊은이라고 칭찬하는 것을
듣고서야 마음의 경계가 조금 풀렸습니다.

B

예전에는 시골에 가면 이런 이야기를 자주 들었습니다.
마을에는 성실한 일꾼, 효자라고 인정받는 젊은이가 꼭 있
었습니다. 그런 이들의 이야기를 들으면 미야자와 겐지의
시 '비에도 아랑곳 않고'가 떠오릅니다.

동쪽에 아픈 아이가 있으면

가서 돌봐주고

서쪽에 지친 아낙네가 있으면

가서 볏단을 날라주고

남쪽에 죽어가는 사람 있으면

가서 두려워하지 않아도 된다고 위로하고

북쪽에 싸움이나 소송이 있으면

부질없는 짓이니 그만두라 말하고

이 시에 묘사된 사람이 미야자와 겐지가 이상형으로 삼았던 인간의 모습인 것 같습니다.

저는 미야자와 겐지의 작품을 좋아하고 그를 훌륭한 시인이라고 생각하지만 그가 추구하는 인간형에 대해서는 동의하지 않습니다. 물론 곤란한 일을 자진해서 도와주고, 하기 힘든 일을 대신 해주는 행동은 칭찬받아 마땅합니다. 그것은 분명 위대한 행동입니다. 하지만 평범한 행동은 아닙니다. 자신보다 남을 먼저 돌보는 마음은 평범한 사람이 실천하기에는 결코 쉬운 일이 아닙니다. 이에 대해 여러분은 어떻게 생각하나요?

C

자기 이익보다 남을 먼저 생각하는 것은 매우 숭고한 정신입니다. 자신의 행복보다 남의 행복을 바라는 것이니까요. 저 역시 학창 시절 윤리 시간에 휴머니즘에 대해 그렇게 배웠습니다. 하루에 한 가지씩 착한 일을 하라는 가르침에 따라 책상 위에 실천할 목록을 적어놓고 실천했습니다. '오늘은 친구들에게 친절하게 대하자', '오늘은 부모님 말씀을 잘 듣자', '오늘은 화를 내지 말고 생글생글 웃자'라는 식으로 다짐하고 실천하기 위해 애를 썼습니다. 전혀 모르는 사람이 물에 빠졌는데 그를 구하려다 목숨을 잃은 이의 희생정신에 감동받으며, 그런 훌륭한 어른으로 자라야겠다고 결심한 기억도 있습니다.

그런데 시간이 지나 나이를 먹으면서 저는 '물에 빠진 사람을 구하기 위해 내 목숨을 버릴 수 있을까?'라는 현실적인 생각을 하게 됩니다. 희생만이 훌륭한 행동인지에 대해 다시 생각하게 됩니다. 이런 저를 비난해도 어쩔 수 없습니다. 이것이 제 솔직한 심정이기 때문입니다.

D

간토 평야에서 청년을 만난 지 얼마 지나지 않아 머나먼 타국에서 장애인을 돌보며 살아가는 외국인의 이야기를 들었습니다. 그는 고국을 떠나 일본에서 살면서 아무런 대가도 바라지 않고 장애인들의 손과 발이 되어 살아가고 있었습니다. 그의 이야기를 들으면서 저는 간토 평야를 여행하다 만난 청년을 다시 떠올렸습니다. 거듭 말하지만 저는 이들을 비난할 생각은 없습니다. 그러나 이것이 모든 인간이 추구해야 할 삶이라는 것에는 동의하지 않습니다. 좀 더 정확히 말하자면 남을 위해 희생하지 않는 삶이 비겁한 삶이라고 생각하지 않습니다. 이기주의자를 변명하려는 것은 아닙니다. 이기주의자는 자신의 이익을 위해 타인을 희생시키는 사람입니다. 반면 제가 추구하는 인간형은 자신을 사랑하고 배려할 줄 아는 사람입니다. 자신을 사랑하는 사람이 타인도 사랑할 줄 안다고 생각하기 때문입니다. 자신을 잘 돌보는 것이 제가 생각하는 평범한 삶입니다.

편지에
대하여

A

어젯밤 시를 쓴다는 젊은 여성이 집으로 찾아왔습니다. 얼마 전에 시 세 편을 보내왔는데 바빠서 읽지 못한 게 마음에 걸려 집으로 방문하라고 했던 것입니다. 저는 시를 마구 비평하는 성격이 아니라 비평을 해달라는 부탁은 대부분 거절합니다.

어떤 경우에는 불쑥 찾아와서 "제 글 좀 봐주세요"라고 요구하는 이도 있습니다. 그럴 때는 내용도 잘 들어오지 않을 뿐 아니라 그 상황이 서글퍼 마음이 좋지 않습니다. 한 행 한 행 읽으면서 다 읽고 나서 뭐라고 말하면 좋을지 걱정이 됩니다. 솔직하게 "저는 잘 모르겠습니다……"라고 말하고 경멸당하는 것은 상관없지만, 모른다고 하면 화내는 사람도 있어서 좀처럼 모른다고 말하기가 힘듭니다.

　B

다행히 어젯밤 찾아온 젊은 여성의 시는 달랐습니다. 그래서 저는 그녀와 오랫동안 많은 이야기를 나눴습니다. 그녀는 제 이야기를 매우 주의 깊게 들었습니다. 그녀에게 제 이야기는 별 도움이 되지 않을 것 같은데도 말입니다. 저 역시 이야기를 나누면서 배우는 것이 많았습니다. 그녀가 앞으로 어떤 식으로 시를 공부하는 것이 좋을지 물어봤을 때 저는 일기나 편지를 꼼꼼히 쓰는 게 좋을 것이라고 대답했습니다. 특히 편지를 자주 쓰라고 권유했습니다. 일기는 보통 남에게 보여주지 않는다고 생각하고 씁니다. 그래서 간혹 무책임하거나 함부로 쓸 수 있습니다. 그러나 편지는 그럴 수 없습니다. 편지는 내용도 물론 중요하지만 그보다 얼마나 성의 있게 썼느냐가 더욱 중요합니다. 편지를 받는 사람에게는 얼마나 성의 있게 썼느냐에 따라 보낸 사람의 인상이 달라집니다. 일기가 자신의 마음을 솔직히 표현하는 데 좋은 훈련법이라면 편지는 자신의 마음을 성의 있게 전달하는 데 좋은 훈련법입니다.

C

손편지가 아니라 타자기로 친 편지를 보내는 경우가 있습니다. 요즘에는 아주 흔한 경우이며 내용이 확실히 전달되는 것이 중요한 편지라면 타자기로 친 편지도 관계없다고 생각합니다. 그런데 만약 제가 타자기로 친 편지를 받았다면, 그것이 만일 친한 친구에게서 온 것이라면, 게다가 정말 사적인 내용이라면 감동이 덜할 것 같습니다.

저는 보낸 사람의 이름을 보기 전에 필적만 보고 누구에게서 온 편지인지 알아보는 것이 즐겁습니다. 편지의 필적을 보는 순간 편지를 쓴 이의 기분이 전달된다고 생각합니다. 봉투를 열어 내용을 보기 전에 어디 아픈 것은 아닌지 염려가 될 때도 있습니다. 평소와 달리 글씨가 불안해 보이면 혹시 돈이라도 빌려달라는 것은 아닐까 하며 상상의 날개를 펼칩니다. 생각해보니 이런 상상은 상대방에게 실례되는 이야기로군요.

최근 몇 년 동안 우리의 생활은 매우 달라졌습니다. 생활
양식이 정말 많이 바뀌었습니다. 전쟁 후에 지은 집에는 아
무리 작은 집이라도 도코노마(일본 건축 양식에서 바닥이 위로
올라가 있는 작은 공간. 꽃꽂이와 붓글씨로 장식한다-옮긴이)가 있
습니다. 그런데 저는 이를 보면 약간 서글퍼집니다. 도코노
마가 나쁘다는 뜻이 아닙니다. 도코노마에서 꽃을 키우며
즐거움을 맛보는 사람이라면 상관없는데, 도코노마를 원래
용도로 사용하는 사람이 점점 줄어들고 있는데도 건축 양
식만큼은 예전 그대로 남겨두어 불편한 생활을 계속하는
것은 어리석은 일이라는 것입니다.

D

　　또 다른 이야기를 해보겠습니다. 시대가 바뀌어 여성의
복장이나 화장이 매우 과감해졌습니다. 건축 양식이 시대
에 맞게 바뀌는 것처럼 패션도 변화를 거듭하고 있습니다.
그런데 저는 이처럼 의식주는 시대에 맞게 바뀌는 것이 당
연하지만 글은 좀 다르다고 생각합니다.

E

저는 글이 우리의 생활양식과 마찬가지로 시대에 따라 변화한다고는 생각하지 않습니다. 편지는 형식이 중요하지 않습니다. 편지를 쓰는 사람의 기분과 감정이 담기는 것이 중요합니다. 마치 얼굴을 맞대고 이야기하는 것처럼 편지에도 그 사람의 마음이 고스란히 담겨야 합니다. 그렇지 않으면 거짓말을 하는 것 같습니다.

왜 글을 쓸 때만 엄격하게 격식을 차려야 하느냐고 반문하는 이도 있을 것입니다. 그래도 어쩔 수 없습니다.

"유독 편지만 고풍스러워야 하는 이유를 모르겠습니다. 모범이 될 만한 편지를 써서 보여주세요"라는 요청을 받는다면 어떻게 해야 할까요?

F

프랑스 극작가 에드몽 로스탕의 시극 《시라노 드 베르주라크》를 떠올려보겠습니다. 작품 속 시라노는 자신이 동경하는 록산느를 위해 크리스티앙에게 보낼 연애편지를 대필해주고 때로는 숨어서 대신 사랑의 대사를 읊어줍니다. 오늘날 연애편지를 대신 써주는 사람이 있다면 저는 의외로

의뢰자가 많이 몰릴 것이라고 생각합니다. 그것은 그다지 즐거운 상상이 아닙니다. 희극적인 환상시라고 할 수 있는 로스탕의 연극은 우리에게 다양한 감정을 호소하고 생각할 거리를 던져주지만, 그 연극이 실제가 된다면 그보다 큰일은 없을 것입니다.

G

편지에 애정을 담는 것은 자연스러운 일입니다. 오히려 말로 하면 부끄러운데 편지로는 자신의 마음을 어떻게 전달할지 차분히 생각할 수 있습니다. 자신의 사랑을 상대방에게 전한다는 것은 분명한 목적이 있습니다. 그렇다면 이는 간단한 일이 아닙니다.

"저는 당신을 사랑합니다."

"당신이 너무 좋아서 참을 수 없습니다."

이는 하기 어려운 말이고 쓰기 힘든 말이지만 일단 글로 써버리면 힘찬 울림을 지닙니다. 그래서 상대방이 만족하면 "저도 당신을 사랑합니다"라는 답장이 올 것이고 이로써 한 쌍의 연인이 탄생하겠지요.

하지만 아마도 상대방이 알아주기를 바라는 것은 그보다

더 세밀한 부분, 더 고귀한 부분이고 또한 더 커다란 기쁨을 맛보기를 바랄 것이 틀림없습니다. 그리고 둘만의 비밀도 잔뜩 있습니다.

저는 요즘 젊은 사람들이 사랑을 어떤 식으로 전하는지 잘 모릅니다. 다만 가끔씩 제가 받는 편지를 통해 상상해본다면 마치 남의 옷을 빌려 입은 것처럼 불편해서, 직접 쓴 글임에도 대필에 가까운 편지일 가능성이 높다고 예상합니다. 아니면 전혀 개성이 느껴지지 않는 편지일 수도 있다는 쓸데없는 걱정을 합니다. 하지만 그 편지를 읽는 사람이 상대방에게 충분한 애정을 지니고 있다면 상대방의 실수나 오자까지도 그 사람만의 독특함으로 받아들일 테니 걱정할 필요가 없을지도 모릅니다.

H

일단 편지를 쓴다면 적당히 써서는 안 됩니다. 적당히 쓰는 글은 때로 진심을 전달하지 못하고 거짓을 전할 수도 있습니다. 의도와는 무관하게 사람을 속일 수도 있습니다. 이는 무서운 일입니다. 사람을 속일 필요가 있을 때는 어쩔 수 없지만 자신도 모르게 자신을 속이는 짓만은 하지 말아야 합니다. 글에 진심을 담는 것은 하루아침에 되는 일이 아닙니다. 따라서 진심이 담긴 글을 써야 할 때를 대비해서 평소에 자신의 기분을 글로 잘 표현하기 위해 노력해야 합니다. 거듭 말하지만 복장이나 화장, 말투를 신경 쓰듯 자신의 기분을 글로 잘 표현할 수 있도록 노력해야 합니다.

일기에
대하여

A

저는 초등학교 2학년 때 아버지가 주신 녹색 가죽 표지
의 수첩에 처음으로 일기를 썼습니다. 그때는 간토 대지진
이 일어난 후인 1924년이었습니다. 수첩을 받은 저는 무엇
을 써야 할지 몰라 아버지에게 물어보았습니다. 그때 아버
지가 어떤 식으로 일기를 쓰라고 말씀하셨는지는 기억나지
않습니다. 다만 그해부터 저는 꾸준히 일기를 쓰기 시작했
습니다. 그것이 좋은 일인지 쓸데없는 일인지 전혀 생각하
지 않고 꾸준히 썼습니다. 그러나 오랫동안 쓰다 보니 저 나

름대로 고민이 생겼습니다. 아버지가 주신 수첩은 마치 회사에서 직원들에게 나눠주는 것 같은 그런 작은 수첩이었습니다. 그래서 제가 겪은 일을 빠뜨리지 않고 세세히 적는 것은 불가능했지만 저는 비교적 꼼꼼하게 일기를 썼습니다.

당시 저는 아침 5시에 반드시 일어났던 것 같습니다. 새벽에 일어나서 숙제와 예습을 했습니다. 초등학교에서도 시험이 끊이지 않던 시절이었으니까요. 그리고 그 시간에 저는 전날의 일기를 쓰곤 했습니다.

수첩이 작아서 하루에 할당되는 공간이 얼마 되지 않아 연필로 선을 그어서 깨알 같은 글씨로 일기를 썼습니다. 어떤 내용인지는 기억나지 않습니다. 수첩이 변색되는 것이 안타까울 만큼 중요한 내용은 아니었습니다. 초등학교 시절에는 철자법을 배웠고 중학생이 되어서는 작문을 배웠는데, 철자법이나 작문이나 성적이 늘 좋지 않았기 때문에 일기 쓰는 것에 별 재미를 느끼지 못했던 것 같습니다.

그 시절의 학교 선생님은 철자법이나 작문뿐 아니라 그 외의 과목에서도 약간 다른, 좀 더 정확히 표현해 독창적인 글을 쓰면 호의적으로 봐주지 않았습니다. 미술 시간에 그림을 그릴 때도 견본을 그대로 베끼게 했습니다. 그처럼 작문도 모범이 될 만한 글을 흉내 내는 방식이었습니다. 자기 생각을 자유롭게 쓰면 안 된다고 지적했습니다. 노골적으로 혼내지는 않아도 에둘러 지적하면 어린 마음에도 잘 알아듣고 점점 틀에 박힌 글을 쓰게 됩니다.

저는 3년 동안 그 수첩에 일기를 썼습니다. 이 일은 저에게 큰 의미가 있습니다. 왜냐하면 그 시절에는 학교 숙제로 일기를 쓰는 일이 없었기 때문에 저는 학교에서 하라는 것 이외의 일을 적어도 하나는 했다는 뜻입니다. 지금은 초등학교에서도 저학년 때부터 그림일기를 쓰게 합니다. 물론 즐겁게 쓰는 학생도 있겠지만 억지로 쓰는 경우가 더 많을 것입니다. 다행히 저는 제 의지로 일기를 쓰게 되었기 때문에 억지로 쓴 것은 아니었습니다. 저는 이 점이 좋습니다.

또한 일기를 선생님께 보여줄 필요도 없었고 누가 훔쳐볼 염려도 없었기 때문에 쓰다 보면 어느새 비밀 이야기를 쓰기도 했습니다. 그래서 제 어린 시절의 일기장을 잃어버린 것이 무척 아쉽습니다. 누구나 그런 것처럼 어린 시절 저에게는 비밀이 많았습니다. 제가 생각하기에 남들에게 말하면 안 될 것, 말하면 놀림당할 만한 것, 말하면 혼날 것 같은 일이 많았습니다. 어쩌면 솔직히 말했어도 아무런 일도 일어나지 않았을지 모르지만, 저로서는 비밀이라고 믿고 눈 속에 들어온 먼지처럼 생각만 해도 기분이 착잡한 일이었습니다.

모든 비밀을 일기에 적지는 않았지만 얼굴을 맞대고 사과하기도 껄끄러운 비밀도 있었고, 아주 촘촘한 글자로 "미안해"라고 적거나 "너는 그리 대단한 녀석이 아니야"라고 적음으로써 미안하거나 속상한 마음을 가라앉히기도 한 것은 확실합니다.

B

그 후 초등학교 5학년쯤에 정식으로 일기장을 샀습니다. 그 당시 초등학생으로서는 대단히 고급스러운 일기장이었습니다. 저는 주소록에 친구의 이름을 적거나 어머니에게 옷 사이즈를 물어 적어놓기도 했습니다. 그 일기장을 사용하면서부터 가끔씩 그림도 그려 넣기 시작했습니다. 또 만년필로 글씨를 쓰는 데에도 굉장히 익숙해져 1년 동안 그 일기장을 어떻게 깔끔하게 정리할 것인지가 저의 큰 과제였습니다.

5학년 때부터 과외로 그림을 공부하기 시작했습니다. 토요일 오후에 그림 수업이 있었기 때문에 토요일마다 수업시간에 그린 그림을 떠올리며 일기장에 작게 그려 넣었습니다. 일기장에 '오늘 이런 그림을 그렸다'고 글로 설명하면 문장이 길어질뿐더러 제대로 표현하기도 어렵기 때문에 글 대신 그림을 그려 넣는다는 의미였습니다. 어떤 그림을 그렸는지 떠오르지 않으면 무척 아쉬웠습니다. 그림을 펜으로 그린 다음 뾰족하게 깎은 색연필로 색을 입혔습니다. 그럴 때면 전날 앞장에 쓴 일기나 다음 날 뒷장에 쓸 일기가 지저분해지는 것이 싫어서 종이 뒤에 받침을 대는 것도 잊지 않았습니다.

그 당시 그림일기라는 개념이 없었던 것은 아니지만 그런 것을 잘 몰랐던 저는 일기에 그림을 그려 넣는다는 사실이 너무나 즐거워서 때때로 남들에게 보여주고 싶기도 했습니다. 그러는 동안 그림이 점점 정교해지고 수채화 도구와 색연필을 함께 사용하게 되었습니다. 그리고 그림이 들어가는 일기를 쓰는 날이 늘어났습니다. 학교에서도, 학교를 오가는 길에도 일기의 소재를 찾는 데 열중했습니다. 그러지 않으면 일기 내용이 단조롭고 빈약해져서 싫었습니다. 그 시절의 일기가 지금은 남아 있지 않은 것이 너무 나 아쉽습니다.

저는 이제 일기에 그림을 그려 넣지 않습니다. 특별한 이 유는 없습니다. 그림을 잘 그리고 못 그리고를 떠나 어린 시 절의 기분을 떠올리며 일기에 그림을 그려 넣으면 되겠지 만 굳이 그렇게 하지 않습니다. 역시 이것은 습관의 문제입 니다. 습관의 나쁜 면이라고도 할 수 있겠지요. 화가 기시다 류세이의《그림일기》를 보면 일기의 내용도 흥미롭지만 내 용과 자연스럽게 어울리는 그림이 좋습니다. 아마도 그는 화가이기 때문에 모호한 것을 표현할 때는 글보다는 그림 으로 표현하는 쪽이 더 쉬웠던 것 같습니다. 작가에게는 그 날그날 일어난 일이 글의 재료가 되는 것처럼 화가에게는 그날그날 일어난 크고 작은 일들이 그림의 소재가 되는 모 양입니다.

C

그림을 그려 넣은 일기장이 대여섯 권 됐던 것으로 보아 중학교 때까지 그런 식으로 일기를 썼던 것 같습니다. 달라 진 점이 있다면 점점 일기에 비밀을 쓰지 않게 된 것입니다.

일기를 안전한 곳에 보관해서 저만의 친구로 삼고 싶었지만, 일기는 늘 저와 함께 있는 것이 아니라 책상 위나 책상서랍에 있기 때문에 언제든지 노출될 수 있었습니다. 그렇다고 열쇠로 잠가놓는 것은 성가셔서 결국 비밀은 제 마음속에만 간직하자고 마음먹었습니다.

일기장에 비밀을 쓰지 않게 된 또 다른 이유는 초등학생 때처럼 속상하거나 슬픈 일이 줄어든 반면 비밀은 한층 심각해졌기 때문입니다. 존경해야 할 사람을 혐오하게 되었고 그에 수반하는 비판도 신랄해졌습니다. 따라서 그것을 그대로 적는 일이 조심스러워졌습니다. 제가 겁이 많은 탓도 있고, 작문 시간에 친구에 대해 나쁜 말을 썼다가 간담이 서늘해졌던 기억이 떠올랐기 때문이기도 합니다.

이후로는 따로 일기장을 마련하지 않고 공책에 일기를 쓰기 시작했습니다. 여기에도 확실한 이유가 있습니다. 하루에 쓰는 일기의 양이 한 장을 넘어가기도 하고 두세 줄에 그치기도 하는 등 차이가 나기 시작했기 때문입니다. 매달 새로운 공책을 일기장으로 사용하는 것도 그만두었습니다. 일 년에 서너 권 쓰는 해도 있었고 한 권으로 충분한 해도 있었기 때문입니다.

일기 외에도 저는 꾸준히 쓰고 기록했습니다. 중학교 때부터 고등학교 때까지는 꾸준히 등산을 했기 때문에 등산 기록이나 기행문을 써서 스스로 표지까지 씌워 정리했습니다. 때로는 사진을 붙이기도 하고 그림이나 지도를 그려 넣기도 하고 나뭇잎을 붙이기도 했습니다. 등산 기록 공책은 지금도 남아 있어서 가끔 읽어보면 매우 즐겁습니다. 산마을에서 배운 노래도 쓰여 있습니다. 이것은 저에게 특별한 일기입니다.

D

그런데 일기를 공책에 쓰기 시작하면서부터 내용이 달라졌습니다. 그 원인이라고 할 수 있을지는 모르겠지만 그 무렵 아미엘과 앙드레 지드, 그리고 쥘 르나르의 일기를 읽으면서 내면에 변화가 생겼습니다. 단순히 성장했다는 말로는 설명하기 어려운 일이었고, 하루하루가 결코 평온하지 않았으며, 모든 것이 혼란스러웠습니다. 그 혼란을 일기 쓰는 습관의 힘을 빌려 공책에 적었습니다. 일기 쓰는 습관이 없었다면 그 혼란은 그대로 묻혔을 것입니다.

그래서 저는 지금도 가끔 일기 쓰는 습관이 있는 것이 다행인지 불행인지 판단하기 힘듭니다. 일반적으로 말하면 일기 쓰는 것을 나쁘다고 할 수는 없습니다. 물론 단순하게는 하루하루를 정리할 수 있어서 좋지만, 이것이 눈에 보이지 않는 해가 되는 경우도 없지 않습니다.

그런 걱정 때문에 일기를 바라보는 저의 시각은 혼란스럽습니다. 일기 안에서도 스스로 수정이 이루어지고, 내용에 자기변호가 개입합니다. 그것은 며칠 전의 일기, 기억하고 있는 과거에 정신적인 동요가 있었을 때의 일기를 다시 읽어보면 알 수 있습니다. 그것은 남을 향한 자기변호가 아니라 자기 자신을 향한 자기변호입니다.

저는 제 자신을 좋게 꾸며서 일기에 적기도 했고 반대로 제 자신을 비하해서 적기도 했습니다. 때때로 아주 사소한 고민을 일기에 쓰게 되면 그 고민을 고민으로 생각하는 것이 재미있어서 고민을 제멋대로 부풀리고 미화한 적도 있었습니다. 결국 일기 속에 등장하는 저는 제가 만든 인물인 셈인데, 가끔 제가 만든 인물과 현실 속의 제가 같은 인물이라고 생각하기도 했습니다.

실제로 저와 비슷한 상황에 처한 사람이 심리학자를 찾아갔다고 합니다. 그의 일상은 고요하고 평온한데, 그의 일기에 등장하는 그의 삶은 고민투성이였던 것이지요. 그가 자신을 고뇌하는 사람으로 창작한다는 사실을 알게 된 심리학자는 그에게 일기 쓰기를 그만두라고 지시했습니다. 그 지시를 지킨 그는 이후로 완전히 달라졌습니다. 이는 그 심리학자에게 직접 들은 이야기이며 흔히 있을 법한 일입니다. 저 역시 정신을 차리고 보면 과장되고 장황하게 일기를 쓰는 데 빠져 있기도 합니다.

E

일기 쓰는 법이라고 하면, 조금 더 형식적인 방법을 예로 들어 설명해야 할지도 모르겠습니다. 하지만 일단 일기는 각자 자신에게 맞는 형식으로 쓰면 됩니다. 완전히 비망록 형식으로 썼던 일기가 오랜 세월이 지난 후 우연히 발견되어 소중한 자료가 되는 경우도 있습니다. 일기는 원래 공개되는 것을 고려하지 않고 쓰기 때문에 공개되었을 때 오히려 가치가 더해집니다.

공개되지 않고 남의 눈에 띄지 않으니 당연히 평상시의 적나라한 자기 모습이 담겨 있어야 할 텐데 가끔 일기를 읽어보면 꼭 그렇지만도 않습니다. 자신의 어리석은 행동이나 발언은 미화하거나 아예 기록하지 않습니다. 이는 자신에게 너그러운 결과이기도 하지만, 일기에서마저 솔직하지 못한 것은 마치 방문을 잠그고 혼자 틀어박혀 있으면서도 진한 화장을 한 사람, 그럼으로써 자신을 위로하는 사람의 모습을 떠올리게 합니다.

아미엘은 일기를 자신의 친구로, 위로해주는 수단으로, 때로는 자신의 주치의로 소중히 다루었습니다. 하루에 몇 번이나 일기를 쓰면서 영혼의 목욕을 했다고 합니다. 하지만 그런 그조차도 일기에서 작문의 기술을 기대하지 않습니다.

"일기는 이야기하는 방법도, 쓰는 방법도, 생각하는 방법도 가르쳐주지 않는다. 그것은 심리적인 휴식이며, 오락이며, 나태한 행위이다."

꽤 심한 말이지만 그런 느낌을 부정할 수 없습니다.

F

저는 일기를 쓸 때 꽤 많은 시간이 걸립니다. 쓰기 시작하고 속도가 붙으면 쓰고 싶은 말을 다 써야만 직성이 풀리기 때문입니다. 그래서 바쁠 때는 일기를 간략하게 쓰려고 노력해야 합니다. 할 말을 다 쓴 일기를 읽어보면 정말 재미없습니다. 하지만 간략하게 쓴 일기도 있고 특별한 맛과 기교가 들어간 일기도 있습니다.

현재 제가 바라는 것은 시간이 허락한다면 그날 일어난 몇 가지 사건 가운데 한두 가지를 골라 속속들이 분명하게 써보는 것입니다. 이렇게 하면 일기는 수필이 될 것입니다. 수필을 쓴다는 기분으로 창작까지 가미해도 괜찮을 것입니다. 앞에서 설명했듯이 일기에 자신을 그대로 드러내는 것이 힘들다면 차라리 솔직히 쓰는 것보다 자신을 속이든 야단치든 간에 자신과 화해하고 자신이 쓰고 싶은 대로 마음껏 쓰는 편이 좋을 듯합니다. 사실 저도 이것이 가능한 일인지 잘 모르겠습니다. 지금 이 순간에도 제 마음에서는 '일기는 솔직히 자기 자신을 드러내는 글'이라고 말하고 있습니다.

맺음말

이 책을 엮기 위해 고른 마흔네 편의 글은 1950년부터 1955년 사이에 쓴 글입니다. 그중 첫 번째 글인 '생각한다는 것에 대하여'부터 '꿈에 대하여'까지 열세 편은 주부닛폰방송(中部日本放送)의 의뢰로 1954년 3~5월에 매주 한 번씩 방송한 원고를 바탕으로 수정한 글입니다.

돌이켜보면 그때는 인생, 사색, 교양 등을 주제로 글을 써 달라는 청탁이 많았습니다. 아주 사소한 경험이나 개인적인 생각도 글로 쓰는 일이 자연스러웠습니다. 한편으로 어떻게 살 것인가에 대한 인생론에도 관심이 많았습니다. 저역시 그 답을 찾기 위해 책을 많이 읽었고 읽은 뒤에는 긴사색에 잠겼습니다. 그 결과 《학생의 철학》《사색의 휴식》《아름다운 삶의 발견》《밤과 새벽의 생각》 등의 책을 출간했습니다.

지금보다 사회가 덜 발달하고 덜 복잡했기 때문일까요, 그때는 읽고 생각하는 일에 지금보다 훨씬 많은 시간을 보냈던 기억이 납니다. 약 30년의 세월이 흐른 지금, 요즘 사람들은 어떤 사색을 즐기는지 모르겠습니다.

1979년 초여름 구시다 마고이치

옮긴이 이용택

한국외국어대학교에서 일본어를 전공하고, 출판사에서 기획·편집 업무를 담당했다.
지금은 번역 에이전시 베네트랜스에서 번역가로 활발히 활동하며 여러 분야의 일본 도서를 우리
나라에 소개하고 있다. 옮긴 도서로는 《인생 격언》《행복해질 용기》《철학 용어 사전》 등이 있다.

혼자
생각하는
즐거움

초판 1쇄 인쇄 2016년 8월 17일
초판 3쇄 발행 2017년 5월 20일

지은이 구시다 마고이치 옮긴이 이용택 펴낸이 김종길 펴낸 곳 글담출판사

책임편집 임현주 편집 박성연 · 이은지 · 이경숙 · 김진희 · 김보라 · 안아람
디자인 정현주 · 박경은 마케팅 박용철 · 임우열 홍보 윤수연 관리 김유리

출판등록 1998년 12월 30일 제2013-000314호
주소 (121-840) 서울시 마포구 양화로 12길 8-6(서교동) 대륭빌딩 4층
전화 (02)998-7030 팩스 (02)998-7924
페이스북 www.facebook.com/geuldam4u 인스타그램 geuldam

ISBN 979-11-87147-09-1 03830

책값은 뒤표지에 있습니다.
잘못된 책은 바꾸어 드립니다.

이 도서의 국립중앙도서관 출판시도서목록(CIP)은 e-CIP홈페이지(http://www.nl.go.
kr/ecip)와 국가자료공동목록시스템(http://www.nl.go.kr/kolisnet)에서 이용하실 수 있
습니다. (CIP 제어번호 : 2016019282)

글담출판에서는 참신한 발상, 따뜻한 시선을 가진 원고를 기다리고 있습니다. 원고는
글담출판 블로그와 이메일을 이용해 보내주세요. 여러분의 소중한 경험과 지식을 나누
세요. 블로그 http://blog.naver.com/geuldam4u 이메일 geuldam4u@naver.com